矢樹純

MOTHER MURDER

マザー・マーダー

光文社

マザー・マーダー

ブックデザイン　アルビレオ
カバービジュアル　Willy Verginer

目次

第一話　永い祈り

一

「ひーちゃん、今日はうさぎさんにする？　お馬さんにする？」

来月で一歳半になる娘の陽菜《ひな》は、少し考えたあと、元気に「うしゃぎしゃん！」とヘアブラシを差し出した。サイドボードの引き出しから小さなリンゴの飾りのついたヘアゴムを二本取ると、肩まで伸びた柔らかな髪を梳《と》かし、二つに分けて高い位置で結う。

ツインテールはうさぎさん。ポニーテールはお馬さん。たまにお団子や三つ編みをリクエストされることもあるが、あまり手先が器用でないので、できればやりたくない。子供の髪は細くて絡みやすいし、まだ長さが充分でないので、手の込んだ髪型は一苦労なのだ。

壁の時計はそろそろ十時になろうとしていた。縁の部分が真鍮《しんちゅう》細工の蔦《つた》で丸くかたどられた掛け時計は、この家に引っ越して間もなく中目黒《なかめぐろ》のアンティークショップで買い求めたものだ。文字盤に描かれた青と黄色の小鳥が可愛《かわい》らしく、一目惚《ぼ》れしたのだ。

陽菜が生まれた年に購入した中古住宅は、一階に十六帖《じょう》のリビングダイニングキッチンと六帖の洋室、二階は五帖間と二部屋の六帖の洋室という間取りの４ＬＤＫだ。漆喰《しっくい》の外壁に洋瓦屋根の南欧風の外観で、まだ築三年なので浴室乾燥機があるなど、水回りの設備も新しい。

リビングの掃き出し窓の外にはいつか家庭菜園をと考えている二坪ほどの庭があり、日当たりがいいのも気に入っていた。ずっと団地住まいだった私にとって、庭のある一戸建てに暮らすことは、子供の頃からの夢だった。

「お友達、いるといいね」

ヘアブラシを洗面所の収納棚に戻すと、陽菜に汚れても大丈夫な紺色の半袖パーカーを羽織らせる。九月も半ばを過ぎて暑さは和らいできたが、まだ昼間は日差しが強いこともある。陽菜と自分の腕に日焼け止めを塗り、UVカットのカーディガンに袖を通した。

「お外に出たら、しーっ、だからね」

玄関の上がり框《かまち》に陽菜を座らせ、小さな水色のスニーカーのマジックテープを留めてやると、いつもどおり注意をする。陽菜は「しーっ」とにこにこ顔で人差し指を立てたあと、ポールハンガーに掛けてある砂場用のおもちゃの入ったビニールバッグを手に取った。

午前中、陽菜が幼児向けの教育番組を観終《みお》えると、天気が良ければ公園に連れて行って同年代の子供と遊ばせ、帰りにスーパーで買い物をして帰ってくる。午後は陽菜がお昼寝をしている間に掃除や片づけなどの家事を済ませ、目を覚ました陽菜を早めにお風呂に入れてから夕飯の支度をする。それが最近の私と娘の生活リズムだった。

静かにドアを開けると、少し秋めいた涼やかな空気が流れ込んでくる。耳を澄まし、近くに人の気配がないことを確認してから外に出た。

この辺りは高齢の住人が大半で、今の時間帯は車通りもなく、しんとしているのが常だった。陽菜の手を引いて、音を立てないよう注意して門扉を開けた。道路を挟んだ左手は砂利《じゃり》の敷かれた小さな空き地となっていて、時折その並びの集積所にゴミを出しに来た住人が立ち話をしていることがあるが、今日は誰もいなかった。

門扉の鍵をかけながら、隣家の梶原《かじわら》宅の様子を横目で窺《うかが》う。

もったりとした水色のモルタルの外壁は、雨樋《あまどい》に沿って黒いカビが筋になり、ところどころひび割れている。一階の玄関脇に一つ、二階に二つの窓が見えるが、どれも苔《こけ》の生えた白い雨戸がぴったりと閉じられていた。元は濃い青だったと思われるスレート葺《ぶ》きの屋根は、劣化によるものか全体的に白っぽく色褪《あ》せしている。

左側の門扉が外れたままになっているので、玄関の横に転がる空っぽの植木鉢や錆《さ》びた買い物カート、剪定《せんてい》した庭木の枝を縛った束が丸見えとなっていた。その脇には古新聞まで積み上げてあり、放火にでも遭ったらどうするのかと心配になる。

玄関先でたまに庭木に水やりをしている家主の梶原美里《みさと》の姿は、今日はなかった。安堵《あんど》しながら隣家の前を通り過ぎ、公園へと向かう。二十メートルほど歩いたところで、陽菜に「もうおしゃべりしていいよ」と告げた。特に我慢をしていたわけでもなかったのか、陽菜は返事もせずに、側溝の蓋の隙間に空いた穴を飛び越えるのに夢中になっている。

子供の声がうるさい、と梶原美里から注意を受けたのは、三か月前のことだ。

六月中旬の土曜日の朝だった。その日、陽菜がふざけて牛乳をこぼしたことを、夫の浩史《ひろふみ》が強く叱った。大学時代に同じ旅行サークルの同級生として知り合った夫は温和な性格で、陽菜のしつけに関しても大体が寛容なのだが、食べ物を粗末にすることについてだけは、私以上に厳しかった。泣き出してしまった陽菜は、あやしてもなかなか泣き止《や》まなかった。普段は優しい父親が大きな声を出したことに驚いたのだろう。夫も自分で叱っておきながら困った様子で、頭を撫《な》でたり抱き上げたりしたが、陽菜は体を反らせてますます激しく泣いた。

夫に別室に行ってもらい、陽菜を抱いて背中をさすり続けて、ようやく落ち着いたところで、インターホンが鳴った。

モニターを覗《のぞ》くと、グレーのTシャツの胸元が大写しになっている。通話ボタンを押して応答すると「隣の梶原です」と急《せ》くような早口で名乗られた。陽菜を抱いたまま玄関に向かいドアを開けると、小雨の降る中、隣家の住人である梶原美里が傘も差さずに立っていた。

背は私より大分低く、百五十センチに届かないくらいだろう。ずんぐりした体形で、だが量の少ない髪の毛を後ろにひっつめているせいか頭だけは妙に小さく見えて、まるで昆虫のカナブンが服を着ているような印象だった。

おでこの深いしわや皮膚のたるみ具合からすると、おそらく五十代の半ばと思われる。年代が違うせいか、隣に住んでいながら、あまりきちんと話したことはなかった。時々、玄関先で顔を合わせた時に挨拶をした程度だ。梶原美里は顔の中心に寄った黒目がちの小さな目で、じっと私の顔を見つめた。

「佐保《さほ》さん、申しわけないんだけどお子さん、もうちょっと静かにできない？」

言いながら美里がぐっと眉根を寄せると、眉間の皮膚が瘤《こぶ》のように盛り上がった。

「あ、すみませんでした。お騒がせして。このとおり、今は泣き止みましたから」

私の胸に顔をうずめて指をしゃぶっている陽菜を軽く揺すりながら詫《わ》びる。陽菜が泣いていたリビングは隣の梶原家の側《がわ》に向いているので、あれだけ長く泣かれると、耳障りだったかもしれない。赤ちゃんだった頃とは違い、一歳児の泣き声はかなりの音量だ。

「ごめんなさいね。私は全然いいのよ。小さい子供なんて泣くのが当たり前だし、うるさいだとか思ったことはないんだけど、息子がね」

美里は相変わらず聞き取りにくいほどの早口でそう言ったあと、短い指を揃えて頰に当てると、ため息をついて自宅の二階へ視線を向けた。姿を見たことはないが引っ越しの挨拶の時に、成人した息子が一人、一緒に住んでいるとは聞いていた。

「今までずっと我慢してたんだけど、いい加減にしてほしいって怒り出しちゃって」

「そうですか――それは、ご迷惑をおかけしました」

やり取りが聞こえたのか、奥の部屋から出てきた夫が、「すみません、僕が叱ったせいで」と頭を下げる。声を聞いた陽菜がまた泣き出すのではとひやひやしたが、抱かれているうちに眠くなってきたのか、薄目を開けて大人しく指を吸っていた。

「これからはなるべく騒がせないように注意しますけど、やっぱり子供ですので、泣くことくらいはあると思います。息子さんにも、ご迷惑をかけて申しわけないと伝えてもらえますか」

夫は低姿勢ながらも、ある程度は我慢してほしいというふうに、そう言い添えた。確かに、一歳の子供をまったく泣かせないで育てるなんて無理な話だ。

本当に申しわけありません、と再度謝罪しながら、夫が愛想笑いを浮かべた時だった。目の色が変わるというのだろうか。美里の黒い目が、密度を増したようにいっそう黒くきらめいた。「はあ?」という大きな声に、陽菜がびくりと体を震わせた。

「うちの恭介《きょうすけ》は一年以上も我慢してきてるんです。そっちの言い分だけ聞かされても、納得するわけないでしょう。あの子が怒るっていうのは、よっぽどのことなんですよ」

美里はそれまでにも増して早口で、つんのめるように言い立てた。彼女の豹変《ひょうへん》に、思わず陽菜を庇《かば》い体の向きを変えて距離を取った。

なんとか落ち着かせようと謝罪の言葉を重ねたが、それさえ耳に入っていない様子で、美里は口の端に白い泡をつけたまま「もっと恭介の身になってほしい」、「あとから住んだ方が気をつかうべき」ということを強い口調で捲《まく》し立てた。夫が陽菜を連れてリビングにいるように言ってくれたのでその場を逃れられたが、美里は三十分近くも玄関先で私たち夫婦が非常識だと罵《ののし》った。夫も珍しく感情的になって、いい加減にしてほしいと声を張り上げたが、美里はまったく怯《ひる》まず、集まってきた近所の人が取りなしてくれて、ようやく帰って行った。

その後、美里の息子と同級生だった娘がいるという町内会の会長の奥さんが訪ねてきて、「梶原さん、いい人なんだけど、恭介君のことになると、昔からね」と、私たち夫婦が知らなかった事情を教えてくれた。

美里の息子である恭介は現在三十三歳で、学校でいじめに遭い、中学の途中からはほとんど不登校だったのだという。通信制の高校は出たようだが、一度も働きに出たことはないらしく、現在は完全に引きこもりの状態なのだそうだ。父親はかなり昔に美里と離婚して家を出ていて他に兄弟はおらず、今あの家に住んでいるのは、美里と息子の恭介の二人だけだった。

「梶原さん、授業中の教室に乗り込んで、恭介君をいじめてた子たちを怒鳴りつけちゃって。気持ちは分かるんだけど、今だったらモンスターペアレントって言うのかしらね。そういうことが何度もあったみたい」

まさか梶原美里がそんなトラブルを起こしていたとは知らなかった。会えば愛想よく挨拶をしてくれて、ごく常識的な人だと思っていた。だが、考えてみると新築に近い家を中古で買うことができたのは、前の住人が建てて間もない家を手放したからだ。不動産会社からは転勤による転居だと聞いていたが、もしかすると、梶原家との間に何かあって出て行ったのかもしれない。

夫にも伝えて相談した上で、今後なるべく梶原家に向いたリビングでは陽菜を騒がせない、玄関先でも静かにさせるなど、気をつけて生活することにした。ローンを組んで買った家を手放す余裕はなかったし、そんな理由で気に入って暮らしている我が家から引っ越したくはなかった。

梶原美里は数日後、ゴミ出しで顔を合わせた時に、何事もなかったかのように笑顔で挨拶をしてきた。息子のことで激昂《げきこう》さえしなければ、いい人だというのは本当のようだった。ならばその点だけ注意して、これまでどおり隣人としてやっていこうと腹を決めた。

しばらくは美里がまた乗り込んで来ないかと不安だったが、一歳児の育児と家事で忙しく過ごすうちに、心配は徐々に薄れていった。現にある程度静かにできていれば美里が何か言ってくることもなかったし、陽菜は大人しい子なので、そんな生活もさほど苦ではなかった。

実のところ私はそれよりも、ある切実な問題に悩んでいた。だから隣家とのことを気にかけてばかりはいられなかったのだ。だが結果として私をここまで危機的な状況に追いやったのは、そのはた迷惑な隣人である梶原美里と恭介だった。

「かーしゃん、だっこ」

住宅街を抜け、広い道に出たところで、陽菜が繋《つな》いでいないもう片方の手を伸ばす。歩きたがるのは最初のうちだけで、五分もするとすぐに抱っこをせがむのはいつものことだった。肩にかけていた抱っこ紐《ひも》の留め具を外し、対面に抱いてめくれてしまった服を直してやると、「次はもうちょっと頑張って歩いてね」と、お尻をぽんぽん叩《たた》いてからかった。陽菜は笑いながら、仕返しするように私の頬をぱたぱた叩く。

横断歩道を渡り、いずれは陽菜も通うだろう小学校の敷地に沿って、街路樹の並ぶ道を歩いていく。頭のすぐ上で笛の音のような鳴き声がして、見上げるとスズメより一回り大きな茶色の鳥が飛び去っていった。ついこの間まで緑色だったナナカマドの実が、赤く色づいて揺れていた。

公園に着くと、陽菜がもどかしそうに体をよじる。危ないから待って、と声をかけながら抱っこ紐を外して降ろしてやると、陽菜は元気いっぱいに「プリン」と手を差し出した。おもちゃの入ったバッグを渡すと、両手で抱えるように持って、張り切って砂場の方へ歩いていく。せっかく砂場用おもちゃのセットを買ってやったのだが、陽菜は夫があげたプリンの空き容器の方がお気に入りで、いつも砂場の縁のブロックの上に、砂のプリンをたくさん作るのだ。

今日は同年代の子供はいなかったが、それでも陽菜は滑り台を繰り返し滑ったり、砂場でトンネルを掘ったりと楽しく遊んだ。一時間近くを過ごしてそろそろ帰ろうとした時、スマートフォンに着信があった。通知に表示された名前を見て、おもちゃを片づけていた手が止まる。

もうちょっと遊んでいいよ、と陽菜にプリンのカップとスコップを手渡した。通話ボタンをタップすると、圧を感じさせる高い声が耳を打った。

「家にかけたんだけど、留守だったから。陽菜ちゃんとお出かけ中だった？」

電話の相手は、結婚前に勤めていた百貨店の同じ紳士服売場で働いていた彩香《あやか》だった。陽菜が生まれてから、独身時代の友人や知人とはほとんど交流がなくなっていたが、彩香とだけは今もやり取りをしていた。しかし、彼女とは決して気が合うわけではない。やむを得ない事情があって二か月前、こちらから連絡を取ったのだ。

「うん、ごめん。公園で遊んで、これから買い物に行くところなの」

スマートフォンを握り直し、横目で陽菜の様子を見守りながら返事をする。

「そっか。近いうち、例の件で会って話したいんだけど、瑞希《みずき》は平日の方がいいよね。土日は旦那さんがいるし」

そうだね、となるべく普通の調子で応じながら、胃が引き絞られるような感覚がした。

「じゃあ、来週の火曜日はどうかな。陽菜ちゃん、どこかに預けられそう？」

「ううん。急には無理だから、連れて行くよ。午後の時間なら、昼寝してると思うから」

一歳児には分からない内容だとしても、陽菜が起きている時には話したくなかった。彩香は少し考えたあと、「それじゃ、一時半頃にうちに来て」と時間を指定した。

承諾し、通話を切ろうとしたところで、待って、と止められる。

「瑞希、このこと、誰かに相談してる？」

こんなことを、相談できるはずもなかった。してないよ、と硬い声で答える。

笑ったのか、安堵のため息か、ふっと息が漏れる音がした。

「弁護士とかに言っても、無駄だから。来週、必ず持ってきてね」

彩香が勝ち誇ったように言い、通話は切れた。

二

彩香と一緒に働いていたのは、私が結婚退職するまでの二年半ほどの間のことだ。中途入社だった彼女が都内の店舗から横浜《よこはま》の店舗へと異動してきて、当時紳士服売場の主任だった私の部下になった。

「私のことは、売場以外では彩香って、下の名前で呼んで。私も瑞希って呼ぶから。その方が絶対、仲良くなれるでしょう」

歓迎会で彩香はそう言って自分のルールを押しつけてきたが、彼女の思惑どおりに私たちが仲良くなることはなかった。

彩香は前の店舗では文具売場のリーダーをしていたそうで、年下の私の部下になったのが面白くなかったのか、こちらの指示にいちいち意見をしてくるのに辟易《へきえき》した。加えて人に対しての好き嫌いが激しく、それを隠さないためパートスタッフにパワハラまがいの言動をして、人事に訴えられたこともあった。その時は、私も部下の指導ができていないとマネージャーから叱責《しっせき》された。きつい口調をやめるよう何度か注意していたのだが、売場で大人しくなった分、相手の人格を否定するような酷《ひど》い内容のメールを送りつけていたのだという。

本部に呼び出されて厳重注意を受けた彩香は、私が上に報告したものと思い込み、以来ますます敵愾《てきがい》心をあらわにするようになった。仕事をする上で連絡先は交換していたが、彼女とは職場の外で付き合うことはなかったし、飲み会などでも離れて座るようにしていた。

退職してからは年賀状くらいしか交流がなかったものの、彩香が一年ほど前に衣料品のネットショップを起《た》ち上げたことは人伝《ひとづて》に聞いていた。

私より二歳上の彩香は一昨年、三十歳で職場結婚し、半年後に退職していた。相手は販売管理で売場に出向いていた三十代半ばの衣料品バイヤーで、私もよく知る穏やかな性格の人だった。

結婚したのは私が退職した三か月後のことで、結婚式の招待状は来なかったが年明けにウエディングドレス姿で新郎に寄り添い誇らしげに微笑《ほほえ》む写真入りの年賀状が届いた。手書きのメッセージなどはなく、いかにも報告のために義理で出したという感じだった。

そのような関係にある彩香と二年ぶりに連絡を取らなければならなくなったのは、夫がシステムエンジニアとして働いてきたパソコン用ソフトメーカーの業績が悪化したためだ。

夫が勤務する会社が不況のためにこのところ業績を落としているとは聞いていた。赤字脱出のために社員一丸となって頑張らなくてはいけないと、安い案件をいくつも引き受けることになったらしい。当然仕事量が増え、夫は休日出勤こそなかったものの週日はほぼ毎日、日付が変わってから終電で帰ってくるようになった。私とも、一歳になったばかりの陽菜とも、平日に顔を合わせるのは朝食の時だけだった。

そうした中、四月から夫が係長に昇進すると聞かされて、私は無邪気に喜んだ。お祝いをしようとはしゃぐ私に、夫は低い声で「そんな余裕はなくなると思う」と告げた。

「うちの会社は、管理職は残業代がつかないんだ。昇進しても大して給与が上がるわけじゃない。他の部署でも、俺と同期だった奴らが何人も係長とか主任になってる。残業代を払わずにこき使うためだろうって、みんな腹を立ててるんだ」

三か月前、隣家の梶原美里に乗り込まれた際に夫がいつになく感情的になったのは、この春から収入が急に下がったことに苛立《いらだ》っていたせいもあったのかもしれない。

元々夫の業種は残業が多く、横浜市内に一戸建てを買ってローンを組んだのは、その残業代を当てにしてのことだった。もう少し子育てが落ち着いて私が働きに出れば賄《まかな》えるだろうと思っていたのに、完全に目算が狂ってしまった。

慌てて仕事を探そうとしたが、まずは保育園を確保してから応募してほしいと言われ、区役所に行くと、今の時期は空いている枠が少なく、仕事が決まっている人が優先となると言われた。私の両親はまだ働いているし、夫の両親は遠方に住んでいるので頼ることはできない。ここで初めて正社員の職を手放してしまったことを悔やんだが、もう遅かった。

陽菜が小さいうちは教育費があまりかからないので、その間にできるだけ返してしまおうとローンの支払いを高めに設定していたのも失敗だった。六月のボーナスが入ればと期待していたが、口座には月給の半額程度が振り込まれただけで、いよいよ翌月以降は私のさほど多くない貯金を取り崩さなくてはいけなくなった。

働きに出ることが難しいと分かり、在宅の仕事も探してみた。だが特に資格もない私にできる仕事はどれも収入が低く、あるいは仕事を与えてもらう代わりに登録料を支払ったり、十数万円もする講習を受けなければいけなかったりと、怪しい会社も多かった。

なんとか働く方法はないかと主婦向けの雑誌やコミュニティサイトなどで情報を探すうち、安く買った商品をフリーマーケットアプリなどで転売することで副収入を得ているという主婦の体験談を見つけた。だが安い商品を見つけるのも、それを売って利益を得るのも、そういった経験のない私には何から始めれば良いか分からなかった。

ここでようやく、彩香のことを思い出したのだ。彼女はネットショップで衣料品の販売をしていたはずだ。友好的とは言えない関係だった彩香に相談するのは気おくれしたが、家のローンを支払い家族の生活を維持するためには、なりふり構ってはいられなかった。どうにかノウハウを教えてもらうことはできないかと、彼女にメールを送ったのだった。

地元の有名店のチーズタルトを手土産に陽菜を連れて彩香の住むマンションを訪ねたのは、七月中旬のことだ。

意外にも彩香は快く私の頼みを了承してくれた。その上、自宅の方がゆっくり話せるからと、最近購入したという新居に招いてくれた。

聞いていた住所とマンションの名前から、おそらく高級マンションだろうとは予想していたが、その外観を見て、私は彼女との生活レベルの差を思い知った。

横浜市街の駅から徒歩二分のところにある三十階建てのタワーマンションは、白を基調とした丸みを帯びたフォルムの都会的なデザインで、彩香の部屋は二十九階だと聞いていた。公園のような広い敷地を進み、エントランスを目指す。高級感のある木製の自動ドアを抜けると、オートロックのテンキーで聞いていた部屋番号を押し、インターホンで彩香を呼び出した。「いらっしゃい。上がってきて」という応答とともに次のドアが開くと、その先に現れた豪華な光景に驚いた。

ホテルのような広々としたロビーには、四メートル近い高さの大きな窓の向こうにボックスウッドやバラなどの低木、白い石造りの噴水を配した庭園が広がっていて、目に優しい緑の景観とともに、明るい陽光が注いでいる。

座り心地の良さそうなソファーの前を通り過ぎ、エレベーターに向かう途中、女優のように大きなサングラスをかけ、上品なシフォンワンピースを着こなした同年代の女性に会釈された。よだれの染みのついた陽菜の抱っこ紐や、量販店で買った綿麻素材のよそゆきのワンピースが、急に恥ずかしく思えてきた。

エレベーターで二十九階へと上がり、部屋番号のプレートの下のインターホンを押すと、すぐにドアが開いた。

「いらっしゃい。久しぶりだね。あ、陽菜ちゃん、寝ちゃってるんだ。年賀状で見た時より、全然大きくなったじゃん」

起こさないようにと途中から小声になった彩香は、ピンク色に光るリップの塗られた唇に笑みを浮かべて陽菜の顔を覗き込んでいる。整えられた眉の下の大きな目が見開かれ、反り返ったまつ毛と濃いアイラインが、なんだかマネキン人形のように作り物めいて見えた。白のブラウスにブルーのデニムというシンプルな出で立ちだが、胸元に揺れる一粒ダイヤのネックレスや華奢《きやしや》なデザインの金のブレスレットなど、さりげないふうに高そうなアクセサリーを身に着けている。

「うん。もう一歳過ぎてるから、歩き回って大変で。電車で寝てくれて助かったよ」

私も小声で答えると、彩香は片手でドアを押さえたまま廊下の方を目顔で示し、どうぞ上がって、と微笑んだ。ふかふかのスリッパに足を入れ、リビングへと進む。

我が家の倍近くもありそうな広いリビングダイニングは、アイランド型のキッチンを合わせて三十帖ほどだろうか。有名ブランドのものと思しきL字の黒い革張りのソファーと、黄色の百合《ゆり》を活けた花瓶の置かれた円形のローテーブル。その向こうの大きな窓は私に見せようとしてか、いつもそうしているのかカーテンが開け放たれ、立ち並ぶビルの向こうに淡く靄《もや》がかかった海と空とが見えた。

「凄《すご》くいい景色だね。こんな風景が毎日見られるなんて羨ましいな」

素直に感想を述べると、彩香は照れたように笑った。

「夫がね、どうせ住むなら高層階の方がいいって、この部屋に決めたの。確かに景色はいいよね。

この高さなら、窓を開けてても虫も来ないし」

促されてソファーに掛けると、包み込むような座り心地にため息が漏れた。落ち着いた木目調デザインのキッチンに立つ彩香に、コーヒーでいいかと尋ねられてうなずく。ミルで豆を挽《ひ》く音とともに、芳《かんば》しい香りが漂った。

「――それで、ネットショップのノウハウが聞きたいんだって？」

青いバラが描かれたボーンチャイナのカップをテーブルに置くと、彩香は私の斜め向かいに腰掛け、くつろいだ様子で足を組んだ。

「うん。電話でも言ったけど、陽菜の将来のためにも、自分の収入が欲しいなって思って」

陽菜は私の横に仰向けに寝転がり、丸いお腹《なか》を上下させている。ソファーに降ろす時に起きてしまうかと思ったが、高級ソファーは寝心地も良いようだ。

「でも陽菜ちゃんが小さいうちは、無理しなくてもいいんじゃないの？　うちは子供はまだだけど、幼稚園に入るまではあまりお金もかからないって聞くし。旦那さんも、あそこのソフトメーカーだったら、結構いいお給料もらってるでしょう」

カップに口をつけながら、彩香は探るような目でこちらを見ている。結婚が決まった時に無遠慮に夫の勤務先を聞かれたことを思い出し、不快さが蘇《よみがえ》った。居心地の悪さに、ソファーに浅く座り直すと、精いっぱいの愛想笑いを浮かべる。

「うちの夫は陣内《じんない》さんほど稼ぎ良くないって。世の中、彩香みたいに恵まれた奥さんばかりじゃないんだよ」

一瞬、彩香の眉が曇ったように見えた。何か気に障ることを言ってしまったのだろうか。だが彩香はすぐに笑顔になると、「まあ、確かに修平《しゅうへい》と結婚して良かったとは思うけどね」と、シックな色合いのリビングボードの上に飾られた結婚式の写真に目をやった。

年賀状に印刷されていた写真と同じものだった。シンプルなAラインのドレスを美しく着こなした彩香の横で、グレーのタキシード姿の陣内修平がにこやかに微笑んでいる。その顔を見て一緒に働いていた当時のことを思い出し、懐かしさがこみ上げた。ヒールのせいもあるのだろうが、長身の彩香と並ぶと、元々あまり高くない背が余計に低く見えた。

彩香の夫である陣内修平は、口うるさく売場の販売管理に目を光らせるバイヤーたちの中では物腰が柔らかく、気配りも細やかなので、地味な外見ながらスタッフたちの間では人気があった。当時から華やかで、商社やマスコミといった他業種の男性たちと合コンを繰り返していた彩香が彼と付き合っていると聞いた時は酷く驚いたが、百貨店の本部のバイヤーとして働く陣内修平の年収は、それらの合コン相手に負けない額だったはずだ。

「で、どうかな。どんな商品が売れるかとか、安く仕入れられるショップがあったら、教えてもらいたいと思って」

彩香がこちらに視線を戻すのを待って、改めて聞きたかったことを尋ねた。彼女は私の顔をじっと見ていたが、ふっと目をそらし、コーヒーとともにテーブルに出されたチョコレートの包みに手を伸ばした。

「せっかく相談に来てもらって悪いんだけど、瑞希がネット販売でまとまったお金を稼ぐのは、難しいと思う」

浴びせられた言葉に、かっと頬が熱くなった。そう思うなら、どうしてわざわざ私をここまで呼びつけたのか。自分の恵まれた生活を見せつけようとでもしたのだろうか。

みじめさに押し潰《つぶ》されそうになっている私の前で、彩香は真珠色のネイルの施された指で包みを剝《は》がし、艶《つや》やかなチョコレートにかじりついた。洋酒のむせるような香りが鼻腔《びこう》をつく。

「まあ、人気のアイテムを安く買えるショップを教えることはできるよ。でもある程度の儲《もう》けを出せるだけの点数を仕入れるには、数十万は必要になる。小口で買ってたら値段の交渉もできないからね。主婦がおこづかいの範囲で副業としてやっても、それこそおこづかい程度の収益にしかならないの」

そこまで話して、彩香は唇をなめると、つまんでいた残りのチョコレートを口に入れた。白い頬が凹むように動くのを見つめながら、私はすぐにでもこの場から消え去りたい気持ちでワンピースの裾を引っ張った。

「だからさ、良かったら瑞希、私の仕事を手伝わない？」

続けて発せられた言葉の意味がすぐには飲み込めず、私はぽかんと口を開けたまま、首を傾《かし》げた。

「私の場合、副業の範囲を超えて儲けが出ちゃったから、税金の都合もあって会社って形にしてるの。でも、やってることは結局同じ。安く仕入れて、高く買ってくれる相手に売ってるだけなのね。ただ前より規模が大きくなったから、私一人だと手が回らなくて。仕入れたアイテムを保管して、注文が来たら発送する実務をやってくれる人がいないか探してたんだ。瑞希の家は一戸建てだし、陽菜ちゃんが小さいうちなら余ってる部屋もあるんじゃない？　商品は宅配で届くし、発送するのは集荷に来てもらえばいいんだから、それなら陽菜ちゃんのお世話しながらでも、できるんじゃないかな」

いたずらっぽい笑顔を浮かべた彩香が、まるで救いの女神のように思えた。その時は——。

通話の切れたスマートフォンを握り締めたまま、砂場の真ん中に立ち尽くしていた。気づけば足元に、陽菜の作った砂のプリンがいくつも並んでいる。

「ひーちゃん、お買い物行くよ」

首を振る陽菜のそばにしゃがみ、不満そうに膨らんだ丸い頬を見つめる。指でつつくと、陽菜は怒ったようにこちらに背を向けた。手を伸ばし、脇腹の辺りをくすぐると、身をよじって笑い出す。

「今日は、アイス買おうか」

にこにこ顔で飛びついてきた陽菜を抱き上げ、ベビーソープの匂いのする柔らかな首元に顔をうずめる。腕の中の確かな重みに、不意に涙が出そうになった。

どうしてこんなことになってしまったのか。

すべてはあの隣人——梶原美里と、息子の恭介のせいだった。

三

彩香から提案されて、私は彼女の会社の業務を手伝うことになった。報酬は売り上げの三割という約束で、彩香の会社の月商からすれば、月に十万円は支払われるだろうとのことだった。実際、最初の一週間働いただけで、私の口座には翌週に三万円が振り込まれた。

彩香のマンションを訪れ、商品管理の実務を引き受けた三日後の日曜日。私の家に、一抱えもある大きな段ボール箱が五つ届いた。

「これ全部、例の荷物？　大丈夫か？　こんなこと引き受けて」

友達の仕事を手伝うことになったと事前に夫には説明してあったが、この量には驚いたようだ。不安そうにしながらも、夫は二階の空いている部屋に荷物を運ぶのを手伝ってくれた。

彩香の扱う商品なので女性向けの衣料品だと思っていたが、開けると箱の中身はすべてスポーツブランドのTシャツやトレーニングウェアだった。あとで聞いたところによると、これらの商品は売れ筋がはっきりしているので、安く仕入れることさえできれば失敗がないのだそうだ。納品書はどれも読めない漢字で書かれていて、どうやら中国の業者から購入したもののようだった。

紳士服売場で働いていた時の品出しの要領で、色やサイズで分けながら、商品を床の上に重ねて並べていく。いずれ陽菜が使う予定の六帖の洋間だが、今は紙おむつのストックや室内ジャングルジムが置いてあるだけで、スペースの半分は空いていた。

荷物が届いた翌日に、さっそく注文が二件あったと彩香からメールが届いた。同じTシャツのMサイズとLサイズを二枚ずつと、Lサイズを三枚、それぞれの住所に送るように指示され、一枚ずつ透明な袋に入ったものをホームセンターで買っておいた緩衝材で包み、ネットでまとめ買いした段ボール箱に詰めて発送した。集荷を頼めば家から一歩も出ずに済むので、これなら陽菜がいても負担なくできる作業だった。

「お客さんから、いい評価もらえたよ。梱包が丁寧で、届くのも早かったって。やっぱり瑞希に頼んで良かったよ」

ショップの評価は今後の売り上げにも影響してくるとのことで、彩香は私の手際を褒めてくれた。最初の一週間で十五件の注文が来たが、一日に二件程度なら一時間もかからずにできる仕事だった。これで月に十万円以上になるなら、子育てしながらの副業としては相当割りがいいだろう。これならローンを払っていける。それどころか将来的には陽菜を私立の学校に行かせてあげられるかもしれないと、私は有頂天になった。

夫も、この調子なら安心だねと協力的になり、土日は私が梱包作業をしている間、陽菜を見ていてくれた。最初の報酬で設備投資として数千円のスチールラックを買ったことで、在庫管理もしやすくなった。商品の買い付けは彩香がしてくれるので、私は週に一、二度届く段ボール箱を受け取るだけで良かった。

彩香の仕事の手伝いを始めてから三週間後。買い物に出たついでに通帳に記帳し、振り込まれた金額に満足しながら帰宅した時だった。

抱っこしていた陽菜を降ろし、玄関の鍵を開けると、まるで私が帰るのを待ち構えていたように隣家のドアが開いた。

「佐保さん。ちょっと今、いい？」

顔を覗かせるなりそう尋ねた梶原美里は、返事も聞かずにずかずかと大股でこちらへやってきて、無造作に門扉を開けた。

「最近、お宅にやたらと宅配のトラックが来るじゃない。あれ、なんなの？」

自分には知る権利があるとばかりに、美里はいきなり詰め寄ってきた。

宅配トラックはいつも梶原家とは反対側の空き地前の路上に停《と》まるので、もちろん梶原家の敷地に入ったりはしていないし、停まっている時間だってほんの三分程度だ。迷惑をかけているわけでもないのに、どうしていちいち説明しなければならないのだろう。

納得のいかないものを感じながらも、例の真ん中に寄った黒い目で見据えられ、渋々口を開いた。

「この子を連れて買い物に出るのが負担で、必要なものはなるべくネットで注文することにしたんです。食品とか日用品とか、それぞれ別のところで注文するものですから」

正直に副業をしていると言うつもりはなかったので、そう答えた。梶原美里は小さな頭を傾げて、あら、おかしいわねとつぶやく。

「恭介は、お宅から荷物を持って出てるみたいだって言ってたけど」

思わず顔を上げ、梶原家の二階の窓を見た。雨戸はぴったりと閉じられている。あそこから様子を窺っていたのだろうかと、背筋に悪寒が走った。

「この子の着なくなった服とか、ベビー用品を処分していたんです。リサイクルショップに持ち込むのは大変なので、フリマアプリというのを使って」

そういう事情ということにしておけば文句はないだろうと思った。だが私の説明に、美里は理解ができない様子で訝《いぶか》しげな顔になった。分かりやすく言い直そうと口を開いた瞬間、美里は「あもう、難しいことはいいから！」と急に大きな声を出した。陽菜がぎゅっと私の足に抱きつく。

「トラックの音！　音がうるさいって恭介が言ってるの。荷台の扉を開け閉めする音とか、バックする時のピーピーって音も。そのせいでパソコンの音が聞こえないって。頭がおかしくなりそうだって」

どうして宅配のトラックがしょっちゅう来たくらいで、そこまでの話になるのだろう。私は呆然《ぼうぜん》と、美里の薄い頭頂部を見つめていた。ちょうど分け目の部分に白髪が多いので、ますます地肌の面積が広く感じられる。

「いや、でもこの辺って、毎日どこかのお家《うち》には宅配のトラック、来てますよね？　どうしてうちだけに言うんですか」

言い返すというより、本当に疑問に思ったので尋ねた。実際、この区画には宅配のトラックが来ない日の方が珍しく、午前と午後とに二回来ることもあるし、違う会社のトラックが来ることだってある。そんなに耐えられないほどトラックの音が嫌だと言うなら、耳栓でもして過ごすしかないだろう。

「お宅はお隣でしょう。だから一番音が大きく聞こえるの！　恭介は三週間近くも我慢して、ストレスで片頭痛まで起こしてるのよ。なのに責任逃れするつもりなの？」

野太い声を張り上げると、美里はがしゃんと音を立てて門扉を平手で叩いた。怯《おび》えた陽菜が、だっこ、と泣きそうな顔で手を伸ばす。抱き上げてやりながら、私だって怖くて泣きそうだった。小さな目でこちらを睨《にら》みつけ、食いしばった歯の隙間からしゅう、しゅうと息を漏らす。この人は普通じゃない。従わなければ何をされるか分からない。

「すみませんでした。今後はなるべく、宅配便の回数を減らすようにしますから」

早口でそう言ってドアを開けると、美里の顔を見ずに頭を下げ、家の中に入る。急いで鍵をかけたあと、これ以上騒がれたりドアを叩かれたりしたらどうしようと、陽菜を抱きしめたまま息を殺してドアを見つめた。

一分ほどして、門扉を開け閉めする音がした。帰ってくれた、と力が抜けて、その場にしゃがみ込んだ。陽菜は私の胸元に顔を押しつけ、強く抱きついて離れようとしなかった。しばらく背中を撫でてやり、気持ちが落ち着くのを待って靴を脱がせる。

リビングに入ると、梶原家に向いている窓のカーテンをすべて閉めてから会社にいる夫に電話をした。夫に話すことで恐怖を鎮めたかった。声が震えるのを必死に抑えながら、今起きたことを伝える。

「それは完全に向こうの言ってることがおかしいよ。俺、帰ったら文句言いに行くわ」

絶対にやめてほしいと頼んだ。梶原美里は話の通じる人間ではない。息子の恭介も同じだろう。そもそも、ずっと引きこもっているのでは話もできない。

「ああいう人だもの。言うことを聞くしかないと思う。だって、ずっと隣に住むのに揉《も》めたくないじゃない」

「ずっと隣に住むからこそ、言うべきことは最初にはっきり言わなきゃ。そうしないと、どんどん増長してくるかもしれないだろう。間違ってるのはあっちなんだから、大丈夫だよ」

子供を諭すような、なだめるような言い方が癇《かん》に障った。何も分かっていないくせに、と目の縁が熱くなる。

「あなたはどうせ家にいないじゃない。梶原さんが怒鳴り込んできたら、私と陽菜が怖い思いをするんだよ。自分に関係ないと思って、勝手なこと言わないでよ」

言いすぎたと気づいたが、謝ることができなかった。夫は無言だった。椅子のきしむような音が聞こえ、席を立ったのだろうと分かった。ほどなく、オフィスの外に移動したのか、さっきとは調子の違う低い声が発せられる。

「俺は元々、一戸建てじゃなくマンションにしようって言ったろ？　戸建ては高いし、何かトラブルがあってもすぐには引っ越せないって。お前がどうしてもって言うから、無理にローンを組んで買ったのに。俺が家にいないのは、帰れないのは、誰のせいだと思ってるんだ」

言葉を返すことができなかった。頭にのぼっていた血が、すっと引いていくのを感じた。

夫は黙って電話を切り、その夜は帰って来なかった。

あのことがあってから、私は集荷は頼まず、コンビニから荷物を発送するようにした。

一番近い店舗でも家から歩いて十五分ほどの距離があり、毎日のように陽菜を連れて荷物を運ぶのは大変だった。ベビーカーに荷物を載せて陽菜を抱っこして行き、帰りは空いたベビーカーに陽菜を座らせるのだが、一度にベビーカーで運べる量でなければ、二往復しなければならない。天気が良ければまだいいが、雨の日は荷物を濡《ぬ》らさないようにベビーカーにカバーを掛け、傘を差して片手で押して行かなくてはいけなかった。

梶原美里が乗り込んで来るまでは、たくさん注文が来ればその分、自分の収入が増えると喜んでいた。だがあれ以来、一度に多くの注文が入るたびに発送までの苦労が思い浮かび、気重に感じるようになった。

そして、夫との関係もぎくしゃくし始めた。

言い合いになった翌日、夜遅くになってようやく帰ってきた夫に、私から言いすぎだったと謝罪した。だが夫は、心を閉ざしたように無表情でうつむいたまま、私の顔を見なかった。

「お前は言いすぎたで済ますつもりかもしれないけど、あんなふうに責められてつらかった。冷静になろうと思って一晩考えたけど、正直、なんのために働いてきたのか分からなくなった」

私と陽菜のためにと苦境に立ちながらも耐えてきたのに、評価されなかった。限界を超えて頑張り続けていた夫は、感情的に投げつけられた言葉に傷つき、打ちのめされていた。

夫の優しさに甘え、押しつけた重荷から、私はいつしか目をそらしていたのかもしれない。

夫から結婚を前提に付き合おうと言われた時、私は二十八歳で、当時の恋人と別れたばかりだった。大学時代からの付き合いでお互いのことはよく分かっていたし、私自身、穏やかで温和な、まっすぐに他人を気づかえる夫に対して、友達以上の好意を抱いていた時期もあった。だがやはり、その時はとまどいの方が大きかった。

気持ちはありがたいし嬉しいけれど受け入れられない、と断った私に、夫は一生をかけて守るからと食い下がった。ずっと守り続ける、絶対に幸せにすると何度も説きつけられ、迷いながらもついに、私は夫に寄りかかって生きる道を選んだ。

結婚した翌年に陽菜が生まれてからも、夫は私を守り、幸せにするために身を削ってくれた。私が結婚と同時に退職したこともあって、本当ならもっと価格帯の安いマンションを新居にと考えていたのに、この家を買うことを決めてくれたのだ。

「ずっと住むんだから、瑞希が気に入った家にしよう。瑞希と陽菜への一生もののプレゼントだし、後悔がないようにしたいんだ」

真っ白な漆喰の外壁に、明るいオレンジのテラコッタの屋根。日当たりの良いリビングからは、いつか家庭菜園を作ろうと話し合った庭が見える。私たちの幸せの象徴であるその家に、夫はあまり帰らなくなった。

あれ以来、夫は仕事が忙しいからと、週の半分近くは会社に泊まる生活を続けている。元々、朝だけでも家族で顔を合わせようと無理をして終電で帰ってきていたのが、その必要がなくなったのだろう。土日は倦《う》んだ顔でスマートフォンでゲームをしているばかりで、発送の作業の間、陽菜を見てくれることもなくなった。一度、急ぎの荷物があって頼んだ時にあからさまに嫌そうな顔をされてから、私も頼む気が失せてしまった。

誰も味方がいない状態で、でもお金は必要だからと、注文品を梱包して発送する作業を黙々と続けた。ありがたいことに彩香のネットショップの売り上げは好調で、最初の一か月は二十万円近い収入を得ることができた。発送にかかる手間は負担だったが、子供の頃からの夢を叶《かな》えて手に入れた我が家のため、大切な陽菜のためにとコンビニに通い続けた。

ただ、彩香が発注して送られてくる商品については、毎回大きな段ボール箱で届き、受け取りに行くのは難しかったので、これまでどおり届けてもらうようにしていた。梶原美里がまた文句を言ってくるのではと心配だったが、週に一、二度のことなら大目に見てもらえるようだった。

そうして気を張りながらやるべきことをこなし、無事にローンの引き落とし日を乗り越えた八月の終わりの水曜日。陽菜が熱を出した。

前日に公園で長く遊びすぎて、疲れが出たのかもしれない。朝、いつもの時間に起こそうとすると、触った体が熱かった。赤い顔をして、頭にじっとりと汗をかいている。体温計で測ると、三十八度五分だった。

リビングで朝食をとっていた夫に、陽菜が熱を出したことを伝えると、夫は困ったように顔をしかめた。

「今日は午前中に会議だし、夜も遅くなるから俺のことは当てにしないで」

陽菜を心配するでもなく、ただ自分の都合だけを言い捨てると、苛立たしげにがちゃがちゃと音を立てながら空いた食器を片づけ始めた。

今日のうちに発送しなければいけない荷物が二つあったが、まだ梱包はできていなかった。そのうち一件はトレーニングウェアの上下が五組と大口の注文で、手間がかかりそうだった。

　誰の助けも借りられず、一人でどうすればいいのかと途方に暮れた。しかし今は作業は後回しにして、陽菜を小児科に連れて行こうと決める。着替えさせるために起こすと、普段と変わらず元気そうで、ひとまず安心した。おむつを替えたが、お腹を壊している様子もない。食欲はあまりないようだが朝食のパンをいつもの半分くらいの量は食べてくれた。支度をして家を出るとタクシーで駅前のビルに入っている小児科へと向かった。

　混まないうちにと早めの時間に行ったおかげで、あまり待たずに診てもらえた。診察の結果、風邪の症状はなく、突発性発疹《ほっしん》かもしれないと言われた。二、三日で熱が下がったあとに、体に赤い発疹が出るのだという。

「解熱剤は使わない方がいいので、水分補給だけ気をつけて様子を見てください。もし熱が下がらないとか、心配な症状が出たらまた受診してもらえますか」

　薬を出されるわけでもなく、家で休んでいるしかないのならなんのために受診したのか分からないが、病院で診てもらったことで安心はできた。帰宅してお昼ご飯に少なめに作ったうどんを食べたあと、陽菜は寝てしまった。この間に発送する荷物の梱包をしてしまおうと、在庫を置いてある子供部屋に向かいかけたところで、困ったことに気がついた。

　昨日、新しく商品が届いたばかりで、もしも集荷を頼むとなると二日続けて配送トラックが来ることになる。美里から注意を受けて以来、発送はすべてコンビニで行い、連続でトラックが来ないように気をつけていた。

陽菜が熱を出している時に、あの剣幕で乗り込まれるのだけは避けたかった。もちろん夫も当てにはできない。かと言って、寝ている陽菜を置いてコンビニまで行くのも、まして熱を出している陽菜を連れて出るのも考えられないことだった。

困り果てた私は、発送を一日遅らせることはできないかと彩香にメールで問い合わせた。一時間ほど待っても返信がなかったので電話をかけたが出ず、留守番電話にメッセージを残したが折り返してくることもなかった。

じりじりしながら返事を待つうちに午後二時を過ぎ、私は諦めて集荷を頼むことにした。隣家のことは不安だったが、それ以外に方法がなかった。少し遅くはなったが夕方前にはトラックが来て、無事に荷物を持って行ってくれた。集荷担当のドライバーに確認したところ、ぎりぎりではあるが明日の配達には間に合うとのことだった。

トラックが去ったあと、いつ梶原美里が怒鳴り込んで来るかと気を揉んだが、幸いそのようなことはなかった。様子を窺うと暗くなっても明かりが点《つ》いていなかったので、出かけていたのかもしれない。

夜になっても陽菜の熱は下がらず、心配ではあったがいくらか食欲も出て機嫌も良いので、スポーツドリンクをこまめに飲ませながら普段どおりに過ごした。翌朝になって熱は三十七度台となり、その日の午後には平熱になった。

彩香から着信があったのは、陽菜を寝かしつけて一人でテレビドラマを観ていた夜の十時過ぎのことだった。

夫はこの日も帰りが遅く、テーブルの上のスマートフォンが振動した時は、こんな時間にかけてくるのだから夫だと思った。会社に泊まる日は玄関のチェーンをかけるため、連絡を寄こすように頼んであった。

画面もよく見ずに通話ボタンをタップして出ると、「瑞希、昨日発送の荷物、日付指定した？」と前置きもなく鋭い声で問われた。相手が彩香だと分かり、何かトラブルがあったのだと頭が冷えていくのを感じた。

「大阪の荷物と、埼玉の荷物とあったけど、どっちもちゃんと日付指定はしたよ。集荷に来た人も間に合うって言ってた」

「その大阪の方の荷物が、届かなかったってクレームが入っちゃって。イベントで使うのに注文したらしくて、損害賠償を請求するって言われてるの」

「え？　でも間に合うって言われたのに」

「だけど届かなかったんだから、仕方ないでしょう。で、悪いんだけど瑞希とうちの会社の契約って、雇用じゃなくて業務委託なのね」

「うん、それは最初に説明されたけど」

彩香の仕事を手伝うことになった時、雇用にするよりもその方がもらえる金額が多くなるからと言われて、業務委託の契約を結んだのだ。

「だから商品の発送に関することは、瑞希に責任を取ってもらわないといけないんだ」

「それって――」

矢継ぎ早に繰り出される彩香の言葉を聞きながら、私はまだ混乱の中にいた。きちんと日付指定をして、間に合うように発送したのに、どうして商品が届いていないのか。商品の到着が遅れたくらいで、損害賠償をさせられるものなのか。

「先方は、十万円を請求するって言ってる。商品が届かなかったせいでイベントに参加できなくて、そのためにチームで準備してきたのが無駄になったからって」

「いや、ありえないでしょ。だってあの注文って、トレーニングウェア五着で三万円くらいの金額だったのに」

「向こうの言い分がそうなんだから、私に文句言わないでくれる？　とにかく払って。払わないとうちのショップに低い評価をつけるって言われてるんだから」

一方的に捲し立てると、「支払いの期限は一か月だって」と念を押すように言って、彩香は通話を切った。

顧客から損害賠償を請求されたという話を聞かされて、まず最初に私がしたのは、ネットショップでの売買をめぐるトラブルについて調べることだった。

法律相談の事例などを見ると、配送が予定より遅れて損害が生じたとしても、配送業者には責任を負う必要がないらしい。売った側にも、故意に発送しなかったなどの落ち度がなければ、損害賠償をする義務はない。つまり今回の請求は、完全な言いがかりだった。

翌日になって、私は彩香に自分で調べた情報を伝え、支払う必要がないと突っぱねるべきだと話した。しかし、彩香の態度は頑《かたく》なだった。

「私はお店の評価を下げないように精いっぱい努力してきたの。それが瑞希のせいで台無しになるなら、私が瑞希に賠償請求するよ。来月以降で売り上げが下がった分、瑞希に補塡《ほてん》してもらう」

とにかく評価を下げたくない。そのためには大人しく賠償金を払えの一点張りで、話し合いにならなかった。

夫に相談しても、こちらが間違っていないのなら相手にするなと言われるだけだろう。ただでさえ関係が上手《うま》くいっていないところに、新たな火種をまきたくはなかった。

あれから一か月、これまでどおり発送の仕事を請け負いながら何度か彩香と交渉を試みたが、話は平行線のままだった。そしてついに、来週には十万円を支払うように言い渡された。

払えない金額ではない。しかし払う必要のないお金を払う余裕は、私にはなかった。

だが、もし払わなければ彩香から損害賠償請求をされるかもしれないし、何より今までどおり、彼女から仕事を請け負うことはできないだろう。

今後、一定の収入を得ていくために、十万円を支払うべきか。

なぜ彩香はあんなにも、私に賠償金を払わせることに固執するのか。

改めて、これまでのことを思い起こし、私は一つの結論に至った。

やはり彩香は、あのことに気づいているのだ。

四

翌週の火曜日、私は陽菜を連れ、再び彩香の暮らすタワーマンションを訪れた。

朝から曇り空で風も強くストッキングの足元は肌寒かったが、陽菜を抱いていると上半身だけは温かかった。

エントランスの自動ドアを開けてもらい、広い豪華なロビーをエレベーターホールに向かって横切りながら、噴水のある中庭を眺める。夏に来た時には気づかなかったが庭木にハナミズキが植えられていて、色づきかけた葉が噴水の水面に影を映している。時間帯によるものか水を止められた噴水のてっぺんにカラスがとまり、じっと何かを狙っているように動かずにいた。

約束の時間どおりに二十九階に着き、インターホンを押すと、すぐにドアが開いた。

「いらっしゃい。今日は寒かったでしょう」

まるでトラブルなどなかったかのように晴れやかな笑みを浮かべた彩香は、品の良いVネックの黒のニットに白のフレアスカートを合わせた優雅な装いで私たちを出迎えた。

「陽菜ちゃん、いつもこの時間はお昼寝なのね」

抱っこ紐を外し、ソファーに陽菜を降ろしていると、彩香がコーヒーを運んできた。

「うん。それに電車とか乗り物に乗ると、眠くなるみたいなの」

外したストールを毛布代わりに掛けてやり、陽菜の隣に座り直す。離れても、まだ胸とお腹に温もりが残っていた。

「それで、損害賠償の件だけど」

しわになったブラウスに目を落としていると、不意打ちのように切り出された。顔を上げると、彩香は組んだ足に肘《ひじ》を乗せて相変わらず薄く微笑んだまま、私の目を覗き込んでいる。

「その話の前に、はっきりさせておきたいことがあるの」

私は目をそらさずに、彩香を見つめ返して言った。

「彩香が私にこの仕事を頼んだのは、私を助けたいからじゃなく、私が許せなかったからだよね」

口元に浮かんでいた笑みが、砂の山が崩れるようにすっと消えた。彩香はすぐには答えなかった。

「許せなかったって、何が？」

感情のない声で、彩香が尋ねる。

「私が旦那さんと——修平さんと付き合ってたこと、知ってるんでしょう」

自分が口に出した言葉に、喉を絞られるような感覚がした。息苦しさを感じ、ブラウスの襟元を押さえる。彩香は否定せず、私から視線を外すとカップに手を伸ばした。

彩香の夫である修平と、私は過去に恋人の関係にあった。交際が始まったのは、彩香が修平と付き合い出す一年前のことだ。

紳士服売場でスーツのパターンオーダーの展示会をすることになった時、売場主任だった私がバイヤーの修平から講習を受けることになり、何度も二人だけで会ううちに距離が縮まった。彼の方から付き合いたいと言われ、関係が始まった。お互い、地味で目立たないタイプで、誰も私たちが付き合っているとは気づかなかっただろう。

当時、私は二十七歳だった。付き合う前から修平の優しくて真面目な性格をよく知っていた私は、おそらくこのまま結婚するのだろうと信じ込んでいた。今思えば呑気《のんき》なものだった。まさか同じ職場の彩香と、同時進行で付き合いを始めるなどとは考えもしなかった。

私といる時に彼がスマートフォンを見ていることが増えて、やめてほしいと頼んだ。仕事の連絡が来るかもしれないのだと言いわけされたが、それにしては深夜にも操作をしていたりと、振る舞いがおかしかった。

疑心暗鬼に駆られながらも、決定的な事実を目の当たりにするのが怖くて、知らないふりをしていた。そんな時、彩香本人から、修平と付き合っていると打ち明けられた。すでに結婚を申し込まれていると、彼女は自慢げに語った。

それを知ってすぐ、彩香には何も言わず、修平と別れた。悲しさと苦しさを紛《まぎ》らわすために、当時は友人だった夫に誘われて行った映画のあと、こらえ切れず修平とのことを打ち明けた。

夫から結婚しようと言われた時、気持ちは嬉しかったが、彼の優しさに甘えるわけにはいかないと思った。だが結婚すれば、今の状況を抜け出せるのだという誘惑に、最後には負けた。彼と結婚すれば、仕事を辞められる。これ以上、自分を裏切った修平や修平を奪った彩香と関わり続けることにも耐えられなかった。私は自分を守るために、夫を利用したのだ。

「――私が修平と付き合ってるって話した時、なんで瑞希は黙ってたの？」

かすかな音を立ててソーサーにカップを置くと、ようやく彩香が口を開いた。

「私だけ知らなかったたって、最悪だよね。瑞希が結婚して辞めてから、修平のスマホの履歴にやり取りが残っているのを見つけたの。問い詰めたらきちんと話してくれたよ。私に黙ってるの、つらかったたって」

彼は隠し通すという重荷を受け持つことができなかったのだ。それは誠実さではなく、単なる弱さではないかと忌々《いまいま》しく思った。

「だから瑞希が何事もなかったように頼みごとをしてきた時は、馬鹿にされてるみたいで腹が立った。そんなこと言える立場なのって。その前に、私に話すことがあるんじゃないのって」

彩香は、事実を知らされなかったことへの怒りを夫の修平ではなく、私にぶつけようとしている。それに気づいているのだろうか。

「でも今回のトラブルの件は、そのこととは別の話だから。ちゃんと瑞希が起こした不手際の責任を取ってほしいだけ。陽菜ちゃんが熱を出したとしても、もっと早く発送していれば間に合ったはずだもの」

あくまでもそう言い張るのかと、ため息が漏れた。自身の個人的な感情によるものではなく、私の失敗に制裁を科すという形にしたいらしい。

彩香が認めない以上、このまま話していても水掛け論になるだけだ。おそらく最初から、いずれ私の落ち度につけ込んで追い詰めるつもりで仕事を頼んだのだろうが、それを証明する術《すべ》はない。

もう、いっそのこと求められた金額を払ってしまおうかと思いかけた時だった。

「だけど、払えない人に払えって言うのは、やっぱり酷だよね」

突然投げかけられた言葉に、思わず彩香の顔を見た。

「ねえ、瑞希。ちゃんと謝ってくれたら、それで終わりにしようか」

暗く輝く彩香の目が私を見据えていた。笑うのをこらえているように、口元が奇妙に歪《ゆが》んでいる。

「実は昨日、旦那さんの会社に電話したんだ。瑞希が賠償金を払うように、旦那さんからも念を押してもらおうと思って」

どくん、と心臓が大きく波打つのを感じた。二の腕に鳥肌が立ち、痺《しび》れたような感覚が皮膚に広がる。視界が揺らぎかけ、ぎゅっと目を閉じた。

聞きたくない。それ以上は。

しかし彩香は、哀れみと嘲りを含んだ声で告げた。

「旦那さん、もう二週間も出社してないそうじゃない」

反射的に立ち上がっていた。荒い息をしながら、それでも彩香の顔を見ることができず、テーブルの上に視線を落とした。ソーサーに置かれた白いカップの側面に、彩香の真っ赤なグロスのあとがついている。

「聞いてたら相談に乗ったのに。どうして言ってくれなかったの」

呆《あき》れたような調子で彩香が尋ねたが、答えることはできなかった。

「そんな状況だって知らなかったから、ごめんね。賠償金のことは、私がなんとかするよ。それと瑞希さえ良かったら、これからも仕事振るから。だって陽菜ちゃん抱えて、生活大変でしょう」

彩香と目を合わせないまま、陽菜を抱き上げる。もう帰るの、と聞かれ、うなずくことしかできなかった。涙があふれるのを見られないように顔をそむけ、上擦る声で洗面所を貸してほしいと頼む。彩香は気の毒そうにリビングを出て左手だと告げた。

二人で横に並んで使える広い洗面台の、曇り一つない大きな鏡を見つめる。目を赤くしながら、唇を結んで必死に泣くのを我慢している惨《みじ》めな顔がこちらを見返していた。

二週間前、まるで夏が戻ってきたかのような激しい雨が降った夜のことだった。

珍しく日付が変わる前に帰ってきた夫が、突然、会社を辞めたいと言い出した。

ついに激務に耐え切れなくなったのかと思ったが、そうではなかった。

「会社のアルバイトの子と、付き合ってる。その子と人生をやり直したいんだ」

関係ができたのは、半年前からだという。仕事の愚痴を話せるのは、弱みを見せられるのは彼女だけだと、熱に浮かされたように夫は語った。

毎日帰りが遅いことを、疑いもしなかった。家に帰って陽菜の顔を見ることよりも大事なことが、この人にはあったのだ。思いつめたような、何も考えていないような夫の顔を見つめながら、胸の内側が氷のように固まり、冷えていくのを感じた。人生をやり直したいという彼の言葉が、すとんと腑《ふ》に落ちた。

もう夫の心には、私も陽菜も存在していない。私が必死に守ろうとしてきたこの家から、家族から、夫は消え去りたいのだ。

けれど絶望し、自分を憐《あわ》れんではいられなかった。私にはまだ、守らなくてはいけない大切なものがある。

鏡の中の情けない私を睨みつける。そんな母親を、いつしか目を覚ました陽菜が不思議そうに見上げていた。

ここまで彩香に知られてしまった。もう戻れないのだと、自分に言い聞かせながら、陽菜を強く抱きしめた。

この子を守るためには、育てるためには、何が必要か。

涙を拭い、それだけを考えようと、私は決意を固めた。

五

再び彩香と顔を合わせたのは、マンションを訪ねたあの日から三週間が過ぎた頃だった。

「こういうとこ、あまり来ないから、落ち着かないんだけど」

ショッピングモールのフードコートに呼び出されたことにとまどっている様子で、彩香は周囲を見回した。コーヒーショップで飲み物を受け取ると、彼女を促して端の方の席に着く。

「ここ、託児サービスがあって、買い物や食事をする時に子供を預かってもらえるの」

これから始める交渉は、陽菜のいる場所ではしたくなかった。それに、この話をするのなら、他に人がいる場所の方が安心できた。

「わざわざこんなところまで呼び出して、なんの話？　今後の仕事のことだったら、別に電話でも良かったのに」

不満そうに口を尖《とが》らせながら、彩香はクリームのたっぷり載ったアイスラテにストローを突き立てた。

「ごめんね。でも話すだけじゃ、納得してもらえないと思ったから」

私はバッグから封筒を取り出し、テーブルの上を滑らせる。封筒の表に印刷された会社名を見て、彩香は首を傾げながら、中に入った一枚の用紙を引き出した。

簡潔な文章と、その下に数字の並んだ表が記されているのが、裏側からでも透けて見える。紙を摑《つか》む彩香の手が震え、筋が浮くのが見えた。

「どういうこと——これ」

押し殺した声で彩香が尋ねる。やはり人がいる場所にして正解だった。二人きりで話していたなら、彼女はどんな大声で喚《わめ》いたか知れない。

「書いてあるとおりだよ。《陣内修平は佐保陽菜の生物学的父親と判定できる。父権肯定確率九九・九九九九パーセント》」

何度も確かめて読むうちに覚えてしまった一文を繰り返す。先日、彼女の家の洗面所で彼の毛根のついた毛髪を手に入れ、陽菜の検体とともに検査機関に送った。二週間後にはこの親子鑑定書が届いた。

彩香は書類から顔を上げると、燃えるような目で私を睨んだ。しかし、彼女に対して後ろめたい気持ちはなかった。

「彩香が修平さんと付き合ってるって聞いて、すぐに別れたよ。それからは会ってない。妊娠が分かったのは、別れたあとのことだったから」

修平と別れて一か月ほど経《た》って、体調の異変に気づいた。市販の検査薬で陽性反応が出たので産婦人科を受診し、妊娠六週だと告げられた。

修平の子だとは分かっていたが、彩香との間に結婚の話が出ていると知っている立場では、言い出せなかった。だが、堕《お》ろすことは考えられなかった。

両親はまだ働いていて生活にも余裕がなく、実家に身を寄せることはできない。産んで育てるのなら仕事は続けるべきだが、修平や彩香と同じ職場で働くことは耐えがたかった。どうするべきか悩んでいた時、夫の浩史に映画に誘われた。誰にも相談できずに一人で抱え込んできて、もはや限界だったのだと思う。映画の帰りに寄った喫茶店で、私は彼にすべてを打ち明けた。

静かに話を聞いてくれた夫に、結婚しようと言われ、耳を疑った。

夫は学生時代からずっと私を好きでいてくれて、たとえこのことがなくても、いずれ結婚を申し込むつもりだったと言った。

その気持ちは嬉しかった。だけどそんなことをさせるわけにはいかないと、私はその場で断った。だが夫はそれから何度も私の元を訪れ、それが一番いい方法だし、俺がそうしたいんだと訴えた。

お腹の中の子は自分の子供として育てる。一生をかけて、私と子供を守るという夫の言葉に、結局のところ私は甘え、彼を利用した。結婚すれば仕事を辞めて修平や彩香から離れられる。生活の心配をせず、お腹の子を育てることができるのだから、子供のためにそうするべきだとも思えた。だからせめて、その恩に報いようと、私なりに家庭を守るために力を尽くしてきた。

結果的に誓いは破られることになったが、私は今も、夫に心から感謝している。人生をやり直したいという言葉にも、腹は立たなかった。これまでのことを思えば、そう考えるのも無理のないことだった。

「それでね、彩香も知ってることだから話が早いけど、夫がいなくなったでしょう。一人で陽菜を育てていくには、お金が必要なの。弁護士さんに相談したら、修平さんの年収だったら養育費は月十万円くらいもらえるはずだって。それなら家のローンを払っていけると思うんだ。もちろん、私も働くつもりだけどね」

彩香の会社の商品管理の仕事を続けられれば、その収入も助けになっただろうが、こうなった以上それは難しいだろう。別の仕事を探すか、もしくは自分でネットショップを起ち上げようと考えていた。この三か月、彩香の仕事の手伝いをしてきて、どんな商品を仕入れたらいいか、どのように商品を展開するか、充分にノウハウを学ぶことができた。

「裁判してもお互い時間とお金が無駄になるだけだと思うから、なるべくこちらの要求どおりに払ってほしいって、修平さんにも伝えてくれる？　じゃあ近いうち、また連絡するから」

言いたいことを言い終えると、空いたグラスの載ったトレイを手に立ち上がる。一時間の預かりをお願いしていたが、泣いていないか心配で、早く陽菜を迎えに行きたかった。

「――どうせ続かないよ。そんな生活」

背後で聞こえた低い声に、ため息をついて振り返る。

「月十万の養育費とあんたごときの稼ぎで、満足に子供を育てられるはずないでしょう。苦労して買ったケチな一戸建て、早めに手放した方がいいよ。ローンが払えなくなって夜逃げする前にね」

厚くマスカラの塗られたまつげを震わせ、大きく見開いた目でこちらを睨みつけながら、呪うように彩香がつぶやく。そうならないように頑張るよ、と言い残し、その場を去った。

機嫌良く遊んでいたという陽菜を引き取ると、バスに乗って自宅へと帰る。昼下がりの住宅街には柔らかな日差しが注ぎ、陽菜を抱いて歩いているとじんわり汗をかいた。どこの庭からか、金木《きんもく》犀《せい》の香りが漂ってくる。ひーちゃん、お花いい匂いだねと声をかけると、陽菜は小さな指で自分の鼻を指して、おはな、おはなと歌いながら手遊びを始めた。

門扉を静かに開け閉めして、家の中に入ると、深呼吸をした。

陽菜を抱いたままリビングへと向かう。彩香のマンションのリビングの半分の広さしかないが、私にはこれくらいの方が落ち着くようだ。

葉っぱの形が薄くプリントされたクリーム色のカーテンも、毛足が長く手触りの良い茶色のカーペットも、部屋のアクセントである黄緑の布張りのソファーも、高級品ではないが、すべて気に入ったものを、じっくり選んで買い揃えた。

大好きなこの家で、この先もずっと、陽菜を守り、育てていく。

私はそう覚悟を決めたのだ。あの夜に。

抱っこ紐を外し、陽菜を床に降ろす。夕方の子供番組を観たいのだろう。必死に背伸びしてダイニングテーブルの上のリモコンに手を伸ばす姿に笑みがこぼれた。取って渡してやると、一緒に電源ボタンを押す。ちょうどオープニングのダンスが始まったところで、陽菜は音楽に合わせて飛び跳ねた。

夕飯の支度を始めるには、まだ少し間があった。リビングの梶原家に向いた掃き出し窓の方へと歩を進める。レースカーテンを細く開け、まだ何も植えていない庭の黒い地面を見つめた。

あの夜は、とても強い雨が降っていた。雨戸と窓を閉めていれば、神経質な梶原恭介の耳にも、土を掘る音は聞こえなかったはずだ。

七年間、このまま隠し遂《おお》せれば、ローンを払い続けることができれば、失踪宣告の申し立てができて、夫は死亡扱いとなる。そしてローンの残金は、この家を買う時に加入させられた団体信用生命保険が一括で支払ってくれる。不動産会社から、万が一のことがあって夫が死亡すればその後はローンを払う必要がなくなるという説明を聞いて、ありがたい仕組みだと感心したものだ。

夫は、私と陽菜を一生守ると誓ってくれた。私は夫への感謝を忘れず、この家と陽菜を守っていくつもりだ。

これからのことを考えながら、ぼんやりと黒い土を眺めていると、不意に空腹を覚えた。陽菜ももうすぐお腹が空く頃だろう。今日は陽菜の好きなオムライスを作るつもりで材料を買ってあった。冷蔵庫から鶏もも肉を出して、一口サイズに切り始める。あのあと、念入りに包丁を洗ってよく研いだので、切れ味は良かった。

時々、顔を上げてカウンター越しに陽菜に声をかけながら、夕飯の支度を続ける。フライパンにバターを溶かすと、ふんわりと優しい香りが広がった。リビングでは、歌のお姉さんの声に合わせて調子外れに歌う陽菜が、ポニーテールを揺らしてリズムを取っている。

大切な陽菜と、大切な家。それだけあれば、他に何も要らなかった。

どうか奪わないでほしいと、誰かに向かって祈りながら、愛おしさのためか、怖れのためか、涙があふれた。

第二話　忘れられた果実

一

かすかな振動とともにエレベーターが停止した。低い音を響かせて灰色のドアが開く。

薄いブルーの清潔な廊下に等間隔で反射する蛍光灯の光が、あたかも飛行機雲のようにゆらゆらと伸びていた。窓のないアイボリーの壁には、二段の木製の手すりが設《しつら》えられている。人の声が聞こえないことを除けば、ほとんど病棟と変わらない造りだ。

地下一階のひんやりした空気に身をすくませながら奥へと進む。スリッポン型のナースシューズの足音がやけに大きく聞こえた。突き当たりを右に折れる。人の姿はなかった。廊下にいないということは中にいるのだろう。二つ並んだスライド式のドアの手前側をノックすると、どうぞ、という声を待って引き開けた。三帖《じょう》ほどの狭い室内の中央に、真っ白なシーツを被《かぶ》せられたベッドが置かれている。

「急にごめんね、相馬《そうま》さん。ご遺族の方がもうすぐ着くみたいなんだけど、救急の方で手が足りないって呼び出しかかっちゃって。ちょっとここ、代わってほしいの」

ベッドの頭の方で布の向きを整えていた看護師の小川香澄《おがわかすみ》が、済まなそうに手を合わせる。中規模以上の病院では、亡くなった患者の死後の処置や見送りは看護師が行うことが多い。だが病床八十床に満たないこの小規模病院では慢性的な人手不足のため、二人しかいない看護助手が処置の手伝いをしたり、その一部を任されることがあった。

「伊藤《いとう》さん、ご家族に会えなくて残念だったよね。昨日から何度か、連絡はしたんだけど」

ベッドに目を落として香澄がため息をつく。末期の膵臓《すいぞう》がんで入院していた伊藤久子《ひさこ》とは、検査の送迎やリネンの交換の時などに話をすることがあった。娘が一人いると聞いていたが、一度も見舞いに訪れたことはなかった。昨日、久子の意識がなくなり、朝になると呼吸が浅くなった。もういつ亡くなってもおかしくないと娘に連絡したが、仕事の都合で行けないという返事だったらしい。その後、医師によって死亡が確認されたことを伝えると、子供が学校から帰ってから向かうと言われたそうだ。

「じゃあ出勤早々悪いんだけど、お願いしていい？　ご家族が見えたら、ナースステーションに師長がいるからあとは任せちゃって大丈夫」

香澄は遺体の引き渡しに必要な書類の入ったクリアファイルを預けると、慌ただしく出ていった。まだ三十歳と私より二回り下だが、もう十年近くこの病院で働いているベテランの看護主任だ。仕事は早いが丁寧で、いつも明るく話しやすい雰囲気なので患者たちの間でも評判が良い。早歩きの足音が遠ざかっていくのを聞きながら、縦長の長方形の室内を見回す。

ベッドの頭側に置かれたテーブルに燭台《しょくだい》が二つ並んでいるだけの祭壇。右手には外来ロビーにあるのと同じモスグリーンの合皮の長椅子。壁にはただ真っ白なクロスが張られている。病室での家族の看取りが間に合わなかった際に一時的に遺体を置いておくだけの場所なので、殺風景なのは仕方がない。

ベッドの真上の天井には冷房の吹き出し口がある。冷気が当たらないよう、長椅子の方へ避けた。白い布にくるまれた久子の両手を組んでいると思《おぼ》しき胸の膨らみに、見るとはなしに目がいった。

今日は午後からの勤務で、昨日は休みだった。一昨日、もう一人の看護助手である梶原《かじわら》美里《みさと》と二人で清拭《せいしき》とリネン交換をしたのが、生きている久子に会えた最後だった。今月に入ってから食事の量が極端に減り、経管チューブから栄養を入れる胃ろうの造設は本人が拒否していた。痩せた背中をタオルで拭いた時、その体が芯から冷たくなっているように感じた。

私と同年代の美里は、こんな状況でも見舞いに来ない娘を薄情だ、親不孝だと悪様《あしざま》に言っていたが、ほとんど眠ったままとなっていた久子には聞こえていなかっただろう。危篤の状況を伝えても会いに来なかったと聞いたら、美里は憤慨するに違いない。

不意に、そうしなければならないように思えて顔かけの白い布をめくった。窪《くぼ》んだまぶたと突き出た頬骨。鼻の横の茶色いほくろと薄い唇の輪郭。目を閉じた白い顔は、いつもの眠っていた顔と変わったところがないのに、なんだか知らない人を見ているように感じられた。

心の中で何か言おうとしたが、語りかける言葉が見つからなかった。彼女が入院してから半年。それほど多くのやり取りがあったわけではないが、自分にも看護主任の香澄と同い歳《どし》の娘が一人いるということは打ち明けていた。

娘も、母親の私が入院したと聞いても見舞いには来ないかもしれない。そんな話をしていたら、少しは久子の慰めになっただろうか。

自分はいつまで生きるのだろうと考える。久子のように病院で死ぬのか。自宅で死ぬのか。どちらにしても私は独りで人生を終える。それは自分で選んできたことの結果で、責任を取らなければいけなかった。


久子の娘が到着したのは、それから三十分後のことだった。受付から話が伝わったようで看護師長がすぐに対応してくれて、私の役目は終わった。救急で輸液の準備をしていた小川香澄に報告して、三階の病棟へ戻る。横浜《よこはま》市郊外にある三階建ての一般病院は一階が救急と外来、入院病棟である二階は整形外科と小児科、三階が内科と循環器科、消化器外科と、診療科によって分かれていた。三階は高齢の患者がほとんどで、あまりベッドから動くことがない。そのため廊下を歩いているのは掃除用具を積んだカートを押す清掃スタッフと、今日から入院した患者の家族に院内を案内しているらしい看護師だけだった。

昼食が終わって下げ膳も済んだ頃で、病室のドア越しに面会に来た人たちの声が漏れている。アイボリーの壁。薄いブルーの床と木製の手すり。造りは地下と同じだが、南向きの窓から注ぐ秋の日差しは暖かく、穏やかでゆったりした時間が流れていた。

出勤してすぐに自分のスケジュールは確認してあった。このあとは梶原美里と二人で入浴介助をすることになっている。どこの病室にいるのかと探していたところで、ちょうどナースステーションの向かいにある看護助手の休憩室から出てきた美里と顔を合わせた。

「あ、相馬さん。久子さんの娘さんと会ったんでしょう。受付にいるのを見たけどあの人、スーツなんか着て、濃い化粧しちゃってさ。身なりを整えてる暇があるなら、もっと早く来られたでしょうに」

口を開くなり久子の娘への非難が始まった。美里は眉間に皺《しわ》を寄せ、周りを気にしてか小声でそう言い捨てた。背は低いが身が詰まったような体形の美里は、出勤時はいつも似たようなくすんだ色のTシャツにストレッチ素材のズボンという恰好《かっこう》で、化粧をしているのは見たことがない。頭頂部が薄くなった髪をぎゅっと後ろで引っ詰めていて、身なりにはまったく気をつかわないタイプの人間だった。

「職場から一旦家に帰って、着替えないまま来たんじゃないの。娘さん、小学生のお子さんがいてシングルマザーだっていうから、今日は大変だったみたい」

久子の娘を庇《かば》うというより、娘に看取ってもらえなかった久子を庇いたくて弁護した。美里は意外そうに小さな目を丸くする。

「へえ、久子さん、相馬さんにはそんな話までしてたんだ。私にはあんまり娘さんのこと、話さなかったのに」

「私にも娘がいるから、言いやすかったのかもね」

そう返しながらも、久子が美里に家族の話をしなかったのは別の理由だと、なんとなく分かっていた。

「確かに、娘と息子じゃ全然違うよね。娘の方が、薄情だっていうし」

大きくうなずいた美里の口元には、ほのかな優越感が滲《にじ》んでいる。

「息子は可愛《かわい》いわよ。男の子って、いくつになっても結局はお母さんが大好きだからね。うちの恭介《きようすけ》も、色々生意気言うくせに、私が作ったご飯は残さず食べるんだから」

とろけるような笑顔を浮かべて話しているが、美里の息子の恭介は三十歳をとうに超えているはずだ。もう男の子とは呼べないのではと思いながらも、口を挟むのはやめておいた。

「昨日はね、テレビでやってた洗剤がほしいって言ったら、インターネットでパッと注文してくれて。ほら、恭介はパソコンが得意だから。中学生の時から、メールなんかも送れたのよ」

鼻の穴を膨らませ、目を輝かせてしゃべり続ける。美里は一人息子のことになると、こんなふうにブレーキが利かなくなるところがあった。おそらく久子が彼女の前で家族の話をするのを避けていたのは、この癖を知っていたからだろう。

「やっぱり、得意なことを仕事にするのが一番なのよ。ずっと夢だった仕事を諦めることになって、あの時はどうなるかと思ったけど、恭介なら立ち直れるって私、信じてたから」

細かいことまでは聞いていないが美里の息子は子供の頃からの夢だった仕事に就くことができず、一時は自暴自棄になっていたものの、今は在宅でパソコンを使った仕事をしているのだという。どのような仕事なのかは美里もよく理解できていないようで、説明を聞いても要領を得なかった。

「それで、今日は入浴介助が必要なのは五人だけだよね。梶原さん、血圧測るの頼んでいい？　私は浴室に暖房入れてくるから」

この調子で息子の話を続けられてはたまらないので、強引に仕事の話に切り替えた。美里はあからさまに残念そうな顔をしながらも、血圧計を取りに備品室へと向かった。

昼の十二時からの勤務で、夕方に一時間の休憩を挟み、退勤したのは午後八時半だった。病院前のバス停から市営バスで駅に向かい、そこから電車で十分ほどかけて四駅離れた最寄駅に着く。駅からアパートまでは徒歩十五分。帰りにスーパーで買い物をしていくので、遅番のシフトの日の帰宅は九時半を過ぎるのが常だった。

駅前の商店街の外れにあるスーパーを出ると、交番の角を曲がり緩い坂を登っていく。ここ十年ほどの間に建ったと見えるモダンな一戸建てが並んだ区画を過ぎ、古い一軒家と空き地、駐車場や畑が混在する通りを進んだ。私の暮らす築二十年の木造アパートは、駐車場とキャベツ畑に挟まれるようにぽつんと立っていた。

ここも横浜市内だが、そうとは見えないのどかな景観が気に入って住むことに決めた。出身が北陸の山間《やまあい》の町で、都会のマンションよりもこういった場所の方が落ち着くのだ。

駐車場の外灯に照らされたアパートの壁は濃い緑色、屋根は暗いグレーで、私が契約する前の年に塗り直したばかりだった。あれから五年が経《た》ち少し色が褪《あ》せてきたようにも見えるが、去年の台風でも雨漏りすることはなく、今のところ何も支障はない。

鍵を開けて部屋に上がると、照明のスイッチを入れた。狭い台所と居室に続く廊下がほの白く浮かび上がる。調理台にエコバッグを置くと、中からヨーグルトだけを取り出して冷蔵庫に仕舞った。コートを脱ぎながら奥へと向かう。

六帖のフローリングの中央に小さな丸テーブル。その左手には本や化粧品の並んだカラーボックスがある。そしてテーブルを挟んだ向かい側には、この部屋には不似合いな洒落《しやれ》た真鍮《しんちゆう》フレームのシングルベッドが置かれている。二十三年前、娘の遥《はるか》が小学校に上がる年に建てたマイホームの、夫婦の寝室に置くために購入したものだ。二台のうちのもう一台は、今は四国の元夫の実家にあるはずだった。

五年前、夫は私に相談することなく、働いていた住宅設備機器メーカーを早期退職した。そして実家のある四国に移住するつもりだと告げた。生まれ育った、年老いた両親が待つ家へ帰りたいのだという。ずっと以前からそうすると決めていたそうだが、一度も打ち明けられたことはなかった。

ついてきてほしいとは言われなかった。夫の両親は一人息子が地元を離れて結婚することに強く反対していた。そのため式を挙げることができず、結婚写真だけは撮って送ったが、見るなり捨てられたらしい。孫の遥が生まれてからはほんの少し態度を軟化させ、夫と遥だけは帰省することを許したが、私には一度も家の敷居を跨《また》がせなかった。

夫は私に、君が離婚したいならそうしようと言った。考えた末に離婚を決めた。私は離婚したかったわけではないが、夫はきっと、もう終わりにしたいのだと思ったのだ。

当時遥は二十五歳で、都内の人材派遣会社で働きながら独り暮らしをしていた。お父さんと別れることになったと伝えると、週末に帰るからちゃんと説明してほしいと言われ、久しぶりに家族が揃《そろ》うことになった。

経緯を聞きながら、遥は唇を結び、じっと私を見つめていた。険のある細い目は夫の垂れ気味の目とは似ていないが、唇の形はそっくりだった。

「最後の最後になって、お父さんを捨てるの」

幼い頃から夫の方に懐いていた遥は憤りを露《あら》わにした。

「やっぱりお母さんって、自分の都合しか考えてないんだね。四国のおばあちゃんも言ってたもの。結婚したのに一度も夫の実家に挨拶に来ないなんて考えられないって。おじいちゃんが手術した時も見舞いにも来ないで、あの人には、人の心がないって」

訪ねてくるなと言われたので従っただけだったが、義母がそんなふうに思っていたとは知らなかった。昔から人の話を言葉どおりにしか受け取ることができず、気が利かないとか、場の空気が読めないと周囲から注意されることが多かった。

遥に咎《とが》められて初めて、もしかして夫も、言わないだけで本当は私に一緒に来てほしかったのだろうかと思った。だが別れると結論を出したあとで、それを確かめる気にはなれなかった。

私に対して腹を立てながらも、結局は夫婦の問題だと判断したのだろう。遥は最終的に二人で決めたことなら仕方がないと、両親の離婚を受け入れた。自宅を処分してローンの残りを支払い、二人で老後のために貯《た》めてきた資産を折半すると、私は独りになった。

離婚後に夫から連絡が来ることはほぼなかったが、娘の遥を通じて義母が長期入院したことや、義父が認知症となったことは聞いていた。二年前に義母と義父が相次いで亡くなった時には夫から電話があり、葬儀には出なくていいと言われた。

半年前、夫が急死したことは、遥から知らされた。くも膜下出血だった。

夫には兄弟がなかったので遥が喪主を務め、私は告別式にだけ参列した。四国の地を踏んだのは、それが初めてだった。火葬場に向かうバスの窓から見た五月の瀬戸内海《せとないかい》は、雲間から射《さ》す日を照り返し、きらきらと輝きわたっていた。

脱いだコートをパイプハンガーにかけると、台所へと戻る。エコバッグから秋刀魚《さんま》の塩焼きのパックを出し、皿に移して電子レンジに入れた。温めている間に、冷蔵庫の発泡酒と白菜の浅漬け、ひじき煮のタッパーをそれぞれ取り出す。節約のためになるべく自炊をしようとは思うが、常備菜以外のおかずは買ってくることが多くなった。

皿とタッパーをテーブルに並べ、開けた発泡酒を一口飲んでから箸を取る。塩の強すぎる秋刀魚の身を口に運びながらテレビのリモコンに手を伸ばした時、その隣に置かれたスマートフォンが目に入った。遥から連絡があっただろうかとロックを外したが、通知はない。先日の電話では、はっきり返事をしなかった。もう私の手は借りないと、諦めているのだろうか。

電源の切れたテレビの黒い画面に、無表情でこちらを見つめる私が映っていた。昼間に見た久子の顔が思い浮かんだ。

義母の言ったとおり、私には人の心がないのかもしれない。

幼い頃に両親を亡くし、母方の祖母に厳しく育てられた私は、周りの子供と比べて、あまり感情を表に出すことがなかった。

夫と別れたことも、遥からなじられたことも、悲しいとは感じた。けれど心は厚い皮にくるまれたように、鈍く痛んだだけだった。

だが、やるべきことをやらないのは、どうにも居心地が悪かった。自分のしたことの責任を取りなさい。与えられた責任を果たしなさいというのが、元教師だった祖母の教えだった。娘が窮地に立っているなら、母親の責任として助けるべきだろう。

夕飯を食べ終えるとスマートフォンの通話アプリを開き、遥のアイコンをタップする。数回のコールのあと、はい、と低い声で応答があった。

「お母さんだけど、今、大丈夫？」

もう自宅にいるのだろう。テレビでも観《み》ているのか、電話の向こうで小さく人の笑い声が聞こえていた。

「うん、さっき帰ったとこ。それで、どうかな。考えてくれた？」

いつになく弱々しい声で、遥が尋ねた。私は言おうと決めていたことを口にする。

「遥がそうしてほしいのなら、お母さんが話を聞いてこようと思う。だから相手の人の連絡先を教えて」

一瞬の沈黙のあと、ありがとう、助かるよ、と力の抜けたような声がした。

「携帯電話の番号、今からメッセージで送るから」

「とにかく相手の人には、払うつもりはないって伝えてみる。だけど、遥はその場にいなくていいの？」

そう確かめると、遥は硬い声で即座に答えた。

「いい。お父さんの隠し子になんて、会いたくないから」

二

遥から珍しく電話があったのは、先週の木曜日のことだった。遅番の勤務を終えて更衣室で着替えていると、バッグの中でスマートフォンが振動しているのに気づいた。

「お母さん、知ってた？　お父さん、よそに子供作ってたって」

電話に出るなり、切羽詰まった声が耳を打った。すぐにかけ直すから、と電話を切り、急いで着替えを終えて病院を出た。

「どういうこと？　何があったの」

職員通用口に隣接する駐車場から電話をかけると、遥が早口で説明を始めた。今日の昼間に、見覚えのない番号から電話があったのだそうだ。仕事で名刺を渡した相手かもしれないと出たところ、いきなり男の声で「遥さんですか」と問われた。

「竹内佑哉《たけうちゆうや》といいますが、亡くなられたお父さんのことで、ちょっと」

標準語で、おどおどした話し方だったという。四国での葬儀に参列してくれたのは地元の親戚や同級生、近所の人だけだったが、竹内という名に覚えはなかった。

「会って話したいことがあるっていうから、用件はなんなのか聞いたら、僕はお父さんの息子ですって。最近になってお父さんが死んだことを知って、四国の実家まで行ったんだって」

葬儀に参列していた近所の人が、その男に遥の連絡先を教えたらしい。

「声は若かったけど、学生とかではないと思う。ねえ、お母さん、心当たりある？」

「ないよ。お父さん、そんなタイプじゃないもの」

強《こわ》ばった声で答えながら、スマートフォンを握り直した。食卓の向かいに座る夫。少し顎を上げてネクタイを結ぶ夫。一緒に暮らしていた頃の夫の姿が、映画のカットのように脳裡《のうり》に浮かぶ。鼓動が速まり、息が苦しかった。

「そうだよね。やっぱり嘘《うそ》ついてるのかな」

「その人、どうして電話してきたか言ってた？」

「会って話したいとしか言わなかった。会いたくないって答えたら、困ったふうに黙って、また連絡しますって」

そのまま通話が切れたのだという。それから遥は何度も私に電話をしたそうだが、勤務中はスマートフォンをロッカーに入れる決まりなので気づかなかった。

「どうしよう。どうしたらいいと思う？」

ほとんど泣きそうな声だった。まるで想定していなかった事態に、膝が震えてくる。私だってどうしたらいいのか分からなかった。落ち着かなければと、冷たい夜の空気を吸い込む。鼻の奥が痛み、涙が出そうになった。

なぜ今になって、こんなことが起きるのか。夫が死んでしまっていては、問い質《ただ》すこともできない。狼狽《ろうばい》しながらも、必死に思考をめぐらせる。

「とりあえず、何が目的なのか聞いてみないと」

できるだけ柔らかな言い方で提案した。

「着信履歴、残ってるんでしょう。その竹内って人にかけ直してみたら――」

「絶対に嫌！」

ひび割れた叫びが私の言葉を打ち消す。子供の頃から、遥は優しくて子煩悩な夫にべったりだった。大学生になってからも、夫と二人だけで出かけたりしていたほどだ。

その父親が急死し、葬儀を終えたあとは相続などの事務手続きも、他に相続人がいないため一人でしなければならなかった。遥によれば夫の実家の土地や山林にはほとんど資産価値がなく、固定資産税を払うよりは処分した方がいいようなものだったという。

仕事の合間に法務局に出向いたりと慌ただしい日々がすぎ、それからようやく父親の死を悼み、悲しみが癒えてきた頃に突然、思いもよらぬ告白を受けたのだ。遥が動揺するのも当然だった。

「お母さんになかなか電話が繋《つな》がらなかったから自分でも調べてみたんだけど、訃報欄を見て亡くなった人の家に来て、生前に貸してたお金を返してほしいっていう詐欺があるんだって。もしかしたら、それだったのかも。お母さんも知らないっていうし、やっぱりお父さんがそんなことするはずないものね」

遥は自分に信じ込ませるように一転、不自然に明るい調子で捲《まく》し立てた。

「次にその人から連絡があったら、警察に言う。それでいいよね」

こちらの話を聞かずに電話を切った遥から、再度電話があったのはその五日後。今週の火曜日のことだった。消え入りそうな声で遥は告げた。

「法律事務所の封筒に入った書類が届いたの。二十八年前の日付で、お父さんが、その竹内佑哉って人を認知したっていう証明書だって」

三十年前、私は今より規模の大きな都内の総合病院で看護助手として働いていた。そこの整形外科に入院してきたのが夫だった。職場の同僚たちと猪苗代《いなわしろ》にスキーに出かけて転倒し、右の膝を骨折したのだという。二度の手術が必要なほどの大怪我《おおけが》で、入院期間は六週間にも及んだ。

夫は話し好きな人で、車椅子を押してリハビリ室へ送る時や食事の配膳、リネン交換の時などに、何かと私に話しかけてきた。出身地を聞かれて北陸の山間の町だと答えると、「だったらスキーできるよね。次の休みに一緒に行こうよ」とおどけた。

当時夫は二十八歳で、長期入院のさなか、歳の近い私と会話できるのが息抜きになったのだろう。中庭を車椅子で散歩したいと言い出すのは、大体が私の担当の日だった。看護師たちからは「あの人、あなたのシフトはいつかって、しょっちゅう聞いてくるのよ」とからかわれた。

退院の日に、電話番号を教えてほしいと真剣な顔で請われた。当時暮らしていたアパートには、まだ電話を引いていなかった。手渡された手帳のページに、ポケットベルの番号を書きつけた。

「電話がないって言われた時は、もう断られたんだと思ったよ」

退院から二週間後、当時ヒットしていたシリーズ物のアクション映画を観たあとに入ったレストランで、食後に運ばれてきたコーヒーを飲みながら夫は苦笑した。バブルの終わりの頃で、一人暮らしの学生でも電話を引いているのが普通の時代だった。

「恥ずかしいんだけど、今はまだ生活に余裕がなくて」

私は正直に、自分の身の上を打ち明けた。早くに両親を亡くし、母方の祖母に育てられたこと。高校三年生の時にその祖母が亡くなり、天涯孤独となったこと。

「どうせ一人で生きるなら、新しい場所がいいと思って、それで東京に出てきたんです。ここでなら、私でも受け入れてもらえそうな気がして」

そんなことを誰かに話したのは初めてだった。夫には、なぜだか言えた。夫は思いつめたような顔でコーヒーカップに視線を落としたまま、やがてぽつりと言った。

「僕たち、もしかしたら似ているのかもしれない」

夫が四国で代々続く林業家の一人息子で、家業を継ぐことを拒み東京で就職したことを話してくれたのは、それから間もなくして、恋人の関係になったあとだった。

夫は人当たりが良く、優しくて明るい人だった。だが自分の決めたことを絶対に曲げない、頑《かたく》なところがあった。そして決めたことを突き通すために、言えば反対されるようなことは、引き返せない段階になって初めて話すという自分本位な振る舞いをした。それは夫の重大な欠点だった。結婚だけは地元に戻ってするようにと両親から言い渡されていたというのも、夫が私に黙っていたことの一つだ。

夫と一緒になって以来、トラブルになるたびに言うべきことはきちんと先に話してほしいと訴えたが、夫の性質は直ることがなかった。四国への移住の計画を打ち明けられた時は、最後までこの人はこうなのだと、やり切れない気持ちになった。

だがそんな夫でも、娘の遥のことは心から大切にし、可愛がっていた。遥も父親が大好きだった。このような形で娘を傷つけるのは、本意ではなかっただろう。私が遥の代わりに竹内佑哉と会うことにしたのは、夫への弔いのような気持ちもあったのだ。

遥に電話をした翌日。早番だった私は、お昼の休憩の時間に教わった番号にかけた。遥が言っていたとおり、彼の声は若かったが、受け答えはしっかりしていた。翌週の木曜日は仕事が休みだというので、その日の午後に会うことにした。待ち合わせ場所に指定された横浜駅から少し離れた場所にある喫茶店に入り、それらしい男性の姿を探していて、息を呑《の》んだ。

奥のテーブル席でスマートフォンに視線を落としている彼は、三十年前の出会った頃の夫と、驚くほどよく似ていた。胸の奥に、自分でもよく分からない熱を持った灯火《ともしび》が燃え始めたように思えた。

「竹内さん、ですよね」

近づいて声をかけると、佑哉は慌てたふうに立ち上がった。

「はい。すみません、ご足労いただいて。父の――奥さんですよね」

すでに離婚していることは伝えていたが、なんと呼んでいいか分からなかったのだろう。

「相馬といいます。本当ならご連絡をいただいた娘がお話を伺うべきなんでしょうが、突然のことで、ショックを受けているもので」

佑哉は申しわけなさそうに「いえ、分かります」と目を伏せた。

向かいの席に座ると、何を飲まれますか、と佑哉がメニューを差し出してくる。

「もしお腹《なか》が大丈夫なら、ここのレモンケーキが美味《おい》しいんだそうです。それを目当てに県外から来るお客もいるって、グルメサイトで見て」

ケーキメニューのページを開いてこちらに向ける佑哉には、まるで構えたところがなかった。

「このお店、グルメサイトを見て選んだの？」

思わず尋ねていた。佑哉は何かおかしなことを言っただろうかというように、少しだけ不安そうな顔になる。

「僕、千葉に住んでて横浜のお店を知らなくて。女の人なら、ケーキとか好きかなって」

はにかんだように笑って、僕も甘党なんですけど、と付け加えた。

婚外子の立場で父親の元妻と会おうというのに、あまりに屈託のない姿勢と思えたが、不思議と不快には感じなかった。

注文を取りに来た店員にレモンケーキを二つと私は紅茶、佑哉はカプチーノをそれぞれ頼んだ。店員が去ったあと、グラスの水に口をつけながら、紙おしぼりの袋を几帳面な手つきで開けている佑哉を見つめる。

夫は直毛だったが佑哉は少し癖っ毛なのか、ふわりと柔らかそうな黒い髪を後ろに流すようにして整えていた。白いシャツにグレーのジャケットを羽織り、ネクタイはしていない。ピアスやネックレスといったアクセサリーの類は身につけておらず、真面目そうで清潔感のある身なりだった。

眉毛は若者らしく形を整えてあるようで、夫の太い眉とは似ていない。けれど大きくて少し垂れた優しげな目はそっくりだった。すっと通った鼻筋も、少し尖《とが》ったような形の唇も、細い顎も、見ればば見るほど若い時の夫に似ていた。夫と出会ったばかりの頃の甘く苦しい感情が、淡く思い出された。

佑哉が目を上げた。胸を摑《つか》まれるような感覚に、視線をそらした。

「相馬さんは、今はお独りなんですか」

ケーキが運ばれてくるまでの間を繫ぐためなのか、佑哉がなんの気なしにといった様子で尋ねる。

ええ、独りですと答えながら、なぜこんなにも心を動かされるのか、自分で自分が分からなかった。

ほどなく店員がやってきて、レモンの形をした、薄い黄色の可愛らしいケーキがテーブルに置かれた。フォークを入れると、白いレアチーズのクリームの層が覗《のぞ》いた。その下の黄色いレモンクリームと一緒に口に運ぶ。マスカルポーネチーズの風味とともに、爽やかな酸味が口の中に広がった。続いて強いレモンの香りが鼻に抜ける。

「ここのお店のレモン、瀬戸内《せとうち》産のを使っているそうです」

そう言って佑哉は垂れた目を細め、大きく切った二口目のケーキを頰張った。半年前に見た、あの明るい青い海が思い浮かんだ。

そのあとは二人ともほとんど無言で評判のケーキを味わった。最後の一口を飲み込み、クッキー生地のバターの余韻を感じながらフォークを置いたところで、すでに食べ終えていた佑哉が用件を切り出した。

「今日お話ししたかったのは、父の遺産のことです」

佑哉はカプチーノのカップを脇に寄せると、テーブルの上で長い指を組んだ。

「遥さんは四千万円の遺産を相続したと聞いています。僕は認知された非嫡出子ですから、法的にはそのうちの二千万円をもらう権利があるはずですよね」

三

遥から、夫から相続した遺産はほとんど資産価値のない土地と山林だけだと聞いていた。固定資産税を払うくらいなら処分したいけれど、買い手がつかないと愚痴を言っていたのだ。

佑哉に途方もない金額の相続の話を切り出され、この青年は何か勘違いをしているのだろうと思った。そしてそのためにわざわざ千葉からやってきた彼が気の毒に感じられた。

「その四千万円っていうのは、誰から聞いたの？　多分、間違いだと思うんだけど」

なるべく穏やかな口調で尋ねると、佑哉は困惑した様子で首を傾《かし》げた。

「父について事情を知る人からそう教えられたんですが、違うんですか」

「ええ。相続したのは資産価値のない実家の土地と、山林だけだって、娘は言ってたけど」

私の言葉に、佑哉は「娘さんに、そう教えられたんですか」と身を乗り出した。

「それ、嘘だと思います。山林は相続していないはずです。六年前に父の実家が林業を廃業した時に、売却しているんです。五千万円で」

告げられたことの意味を理解するのに時間がかかった。店員が手際良く水を注《つ》ぎ足し、次のテーブルへと移っていく。グラスを摑み、一口飲んだ。よく冷えた味のしない水が喉を落ちていった。

私が落ち着くのを待って佑哉が教えてくれたのは、次のような話だった。

六年前、四国で暮らしていた義父母の元を不動産開発業者が訪れ、所有している山林を売ってもらえないかという商談を持ちかけてきた。当時はまだ人を雇って細々と林業を続けていたものの、人件費を引くとほとんど儲《もう》けの出ない状況で、義父母は詳しい話を聞くことにした。

山林で生産されていたのは主に杉で、ヒノキのような高級木材はなく、生産量もわずかだった。普通ならば、大した値がつくことはない。だが、その不動産開発業者の営業担当が出してきた見積もりは破格だった。義父の所有する山林の土地が、水源を含んでいるというのがその理由だった。

当時、海外の資産家や不動産開発会社が水源のある日本の山林の土地を買収するということが、一種のブームとなっていたらしい。世界的に見ると安定して清潔な水を供給できる地域は少なく、日本の豊富な水資源が投資や開発のターゲットとなっていたそうなのだ。

夫の両親は提示された五千万円という金額を見て、即座に売却を決めた。そして代々続けてきた林業を廃業し、五百万円ほどかけて自宅をリフォームしたのだそうだ。夫の葬儀のために訪れた際、ずいぶん台所やトイレが新しくきれいだと感じたが、そんな背景があったのだ。

四国の両親の元へ帰ると夫が言い出したのは、五年前のことだ。当然、そのことは知っていただろう。だが夫は、自分の両親が突然五千万円もの資産を得たことは、私には一言も話さなかった。そして話さないまま、私の要求どおり離婚に応じた。

「娘さんが僕と会いたくないという気持ちは分かります。でも相馬さんが相続について詳細を知らされていないのなら、やっぱり娘さんと僕とで話し合わなければいけないですよね。改めて、娘さんに連絡させていただきます。今日はせっかく時間を取ってもらったのに申しわけありません」

夫が残したとする遺産について説明を終えると、佑哉は気づかわしげな顔でそう言い添えた。話し合いをするはずがこんな結末となり、カップにはまだ飲み物が半分近くも残っていた。口数の少ない私を気づかってか、佑哉は自身の生い立ちをぽつぽつと語ってくれた。

生まれてすぐに施設に預けられ、家族が面会に来たことは一度もないということ。母親は佑哉を産んだあとに姿を消し、現在どこにいるかも分からないこと。親類も頼る人もいなかったが、施設や学校の先生に恵まれ、仲の良い友達に助けられてきたこと。そのおかげで無事に高校を卒業し、配送会社で正社員として働いていること。

「父は、会いに来たことはなかったけど、認知だけはしてくれていたと中学生の頃に知りました。完全に捨てられたんじゃないんだって思えて、嬉しかったな」

そう言って空になったカップに指を添えたまま、遠くを見るような目をした。


佑哉は総武《そうぶ》線で帰るというので、ＪＲの改札を抜けたところで別れた。ホームに向かう前に階段の手前の壁際に寄り、遥に電話をかける。この時間ではまだ勤務中だろうが、一刻も早く問い質したかった。今日、佑哉と会うことは伝えてあったので、その結果の報告を待っていたのだろう。二回の呼び出し音のあとすぐに、はい、と緊張した声が応答した。

「どういうことなの。四千万円って」

私のその一言で、自分の置かれた状況を悟ったようだった。遥はしばらく黙ったあと、「ごめん、言いそびれちゃって」と詫《わ》びた。

「そんな金額だって話したら、お母さん、心配するんじゃないかと思って」

逃げるように、遥は曖昧な言いわけをする。

「心配って――だからって、嘘までついて隠すのはおかしいでしょう」

「そのことは謝ってるじゃない。それより、やっぱりあの竹内って人、遺産目当てだったんだね。なんて言ってた？」

焦りを含んだ早口で遥が尋ねる。嘘をついたことを追及するのはひとまず後回しにして、私はありのままに佑哉が遺産の半分の二千万円を要求するつもりらしいこと、今後は遥と直接話すと言っていたことを告げた。

「何それ。絶対無理。隠し子のくせに、半分も取ろうっていうの？　とにかく二千万も払えないし、私は会うつもりないから、お母さんそう言っておいてよ」

ヒステリックな声が耳元で響き、神経に障った。元々は夫の両親の財産なのだから、私にはなんの権利もないことは分かっている。ただ夫と娘の両方にそのことを秘密にされていたという事実は、みじめで腹立たしかった。

「お父さんが認知している以上、竹内さんには法的に権利があるの。遥の気持ちはどうでも向こうには関係ないんだから、ちゃんと払ってあげなさい。会うのが嫌なら、弁護士にでも頼んで間に入ってもらえばいいじゃない。雇うお金はあるでしょう」

思わず叱りつけるような口調で言い立てた。目の前を歩いていた若い女性の二人組が興味ありげにこちらを見る。視線を避けて壁の方へ体を向けると、遥の返事を待った。お互い無言の時間が流れた。ややあって、洟《はな》をすする音とため息が聞こえた。そのあとはまた沈黙が続く。

痺《しび》れを切らし、こちらから呼びかけようとした時、遥がはっきりと、唐突に告げた。

「私、結婚するの」

目の前の白い壁を見つめたまま、喉がつかえたように声を出せなかった。場違いな言葉に現実味が感じられず、頭がぼうっとしてくる。

「お母さんにも、今度会ってもらおうと思ってたの。彼、飲食店で働いている人なんだけど、結婚したら二人でお店を開きたくて。お父さんの遺産は、その資金にすることになってるの。だから竹内って人にお金は渡せない。お母さんから言っておいてちょうだい」

遥はのぼせ上がったふうに一方的に自分の都合を言い募ると、通話を切った。

娘の突然の告白に、混乱したままその場に立ち尽くしていた。黄色いブロックの内側にお下がりください、というアナウンスの声に我に返る。握り締めていたスマートフォンをコートのポケットに押し込むと、のろのろとホームに続く階段を上った。次の電車がちょうど来たところだったが、駆け上がる気力はなかった。

人のまばらなホームのベンチに腰を下ろし、うつむいて目を閉じる。いくつものことが一度に押し寄せて、思考が整理できなかった。

多くのことを隠したまま私の元を去り、もう二度と話すことのできない夫の面影がまぶたの裏に浮かぶ。あの人の本心はどこにあったのだろう。少なくとも、私のそばにはなかった。二十年以上も一緒に暮らしていながら、心を繋ぐことができなかった。

小さな頃は私のそばを離れなかった遥も、いつしか冷ややかな目で私を見るようになった。そして夫と同じように秘密を持っていた。夫の実家で義母から吹き込まれたことだけが原因ではないだろう。私は遥の求めていた母親らしい愛情を示すことができなかった。それは元から、私に欠けていたものだった。

大人になっても、感情を表に出すことが私には難しかった。心が動かないわけではない。だがそれは大抵が小さく、とてもゆっくりしていて、注意していなければ自分でも感じ取ることができないほどだ。家事をして、仕事をして、育児にまつわるあれこれを必死にこなすうちに、夫を愛《いと》おしいと思ったこと、遥を可愛いと思ったことを伝えられないまま、時が過ぎていた。

涙がこぼれそうになり、バッグを開けてハンカチを探った。財布の下に、さっきの店でもらったレモンケーキのパンフレットが覗いていた。涙を拭い、折れ曲がったパンフレットを腿《もも》の上で伸ばしながらあの青年のことを考える。

簡単な生い立ちと千葉に住んでいるということは聞き出せたが、佑哉はなぜ遺産を相続したいと申し出たのかは語らなかった。一度も会いに来たことのなかった父親なのに、どうして今になって、しかもその死から半年というタイミングで四国の実家を訪ねたのか。彼は《事情を知る人》から、夫の両親が山林を売却して大金を得たことを聞いたとも言っていた。佑哉もまた、秘密を抱えているると見える。

だが佑哉のことを、決して悪い人間だとは思えなかった。遥に嘘をつかれたと知ってショックを受けている私を、彼は気づかってくれた。私と会うために、わざわざ評判のケーキを出すお店を調べてくれた。そしてあの垂れ気味の、優しげな目。

悪意などあるはずがない。きっと何か事情があるのだ。私はそう信じたかった。


翌日は朝から出勤した。八時半からの勤務で、朝食の配膳と介助、下げ膳までは夜勤の看護師たちが済ませてくれている。午前中に超音波検査の予約が入っていた患者を検査室まで送迎し、そのあとは梶原美里と二人で、三階の病室から清拭に回る。

「私、大林《おおばやし》さんのマッサージするから、友田《ともだ》さんの方お願いね」

タオルやおむつ、はかりなどを載せたワゴンを押して病室に入ると、美里は窓際のベッドの大林ヨシエの方へと向かった。

「ヨシエさん、おはよう。着替えたらいつものマッサージね」

腎不全で入院中のヨシエは、美里にしてもらう足と手指のマッサージがお気に入りだった。認知症が進んでいて、機嫌が良い時は穏やかだが、たまに看護師や看護助手を息子の嫁だと思い込み、怒り出すことがあった。

ヨシエの向かいのベッドの友田しず子《こ》は市内のグループホームに入所していたが、肺炎を起こして入院となった。彼女も認知症で、この病室はヨシエとしず子の二人だけだった。

「おはようございます、しず子さん。着替えてお体きれいにしますからね」

布団をめくると患者衣のガウンの紐《ひも》をほどき、しず子の体を支えながら腕を抜いて脱がせる。高齢者は怪我をしやすいので、骨折したり筋を違えたりしないように、服の脱ぎ着の介助だけは美里と二人で行った。

使用済みのガウンをワゴンに片づけると、寒くないようにすぐバスタオルをかけた。温めてあるタオルの温度を確かめて、顔から優しく拭いていく。タオルを指先に被せて耳の後ろと中を擦《こす》ると、しず子は気持ちよさそうに目を細めた。

「あとはおしりの方、さっぱりしましょうね」

上半身から順に全身を拭いていき、最後におむつの交換をして陰部を清潔にした。使用済みのおむつは袋に入れてデジタルのはかりに載せ、尿量をチェックして記録表に書き込む。

「これねえ、息子が描いてくれたの」

新しいガウンの紐を結び、布団を掛け直したところでヨシエの声が聞こえた。使ったタオルを片づけながらそちらを向くと、ヨシエは壁に貼られた画用紙を指差している。にこにこ顔で花壇の花に水をやっている人物の絵の横に、『おばあちゃん』とたどたどしい平仮名で書かれていた。ヨシエは孫が描いてくれたこの絵を時々、息子が描いたものだと勘違いしてしまう。

「あらあ、凄《すご》く上手。お母さんそっくりに描けてるわ。ヨシエさんの息子さん、トシ君だっけ？」

手指のマッサージをしながら、梶原美里が大げさに褒める。息子の名前がはっきり思い出せないのか、ヨシエは困ったような笑みを浮かべたまま答えなかった。

「優しい息子さんで良かったね、ヨシエさん」

少し不安げに視線をさまよわせるヨシエの目を覗き込み、美里は手をさすりながら微笑《ほほえ》みかけた。

「そうなの。トシユキは一番出来が良くて、高校の先生になったのよ」

思い出したようにヨシエが言うと、美里はまた仰々《ぎょうぎょう》しくそれを褒めそやした。

「——やっぱり、息子って何歳になっても可愛いんだよね」

ヨシエとしず子の清拭を終え、ワゴンを押して備品室へと廊下を進みながら、美里は例の自慢げな色を含んだ口調で言った。

「でも、時々は腹が立つことだってあるんじゃない？」

いつもなら、美里が息子の話を始めた時は一切反論はしない。だがこの時はなぜか頭に浮かんだことを、そのまま口にしていた。

「子供って、小さい頃は可愛いけど、だんだん悪いことを覚えるし、憎たらしいことを言うじゃない。それでも梶原さんは、可愛いって思えるの」

可愛いよ、と美里はこちらを向くと真顔で答えた。

顔の真ん中に寄った小さな丸い目が色味を濃くし、きらきらと輝いて見えた。

「恭介がどんな悪いことをしても、憎たらしいことを言っても、私は恭介のお母さんだから。私、恭介になら殺されたっていいと思ってる」

私の顔を見つめながら、別の何かを見ているような焦点の外れた眼差《まなざ》しにぞっとした。だがなぜだか、その言葉は私の胸に深く刺さった。

その日、夕方五時半に勤務を終え、バス停に向かおうとしていたところで遥から着信があった。

「お母さん、今、横浜駅まで来てるんだけど、会って話せる？」

前置きもなくそう切り出された。嫌な予感がしながら、何があったのと尋ねる。

「あの竹内って人、前に詐欺をして訴えられてる」

四

遥が指定した横浜駅地下のカフェレストランに着いたのは、夕食時で混み合う前の時間帯だった。店員に待ち合わせだと告げて店内を見渡す。奥の四人掛けのテーブル席に座っていた遥が腰を浮かせてこちらへ手を振った。

「ごめんね。この間は、すっかり頼っちゃって」

向かいに腰掛けると、遥はメニューを広げてこちらに寄越した。

「お礼に今日はご馳走《ちそう》するから、好きなもの頼んで。飲み物はビールでいい？」

これまで、遥と食事をする時は私が支払いをしていた。娘に奢《おご》ってもらって、本当なら喜ぶべき場面なのだろう。だが遥が四千万円もの夫の遺産を私に何も言わずに相続していたことを思うと、複雑な気持ちだった。

遥が店員を呼び、生ビールとアイスティーを注文した。遥は夫と同じく下戸だった。私はニシンのマリネとグリル野菜にバーニャカウダソースを添えたもの、ソーセージの盛り合わせを頼んだ。また追加で注文するからと、メニューは置いたままにしてもらった。

「それで、竹内さんの話だけど、どういうことなの」

店員がテーブルを離れると、飲み物が運ばれてくる前に尋ねた。遥の電話を受けてから、ずっとそのことを考えていた。詐欺罪というのはおよそ佑哉の印象とはかけ離れていた。

「竹内佑哉って名前でネット検索をかけたの。そうしたら犯罪者の実名を暴露してる匿名の掲示板があって、そこに名前が出てた。ブランドバッグを売ってもらう約束だったのに、お金だけ受け取っていつまでも商品を送ってこないんだって。問い詰めたら、実は他の人に売ったって言われて、詐欺で訴えたって」

遥は真面目な顔で、いかにも許し難いというふうに訴えた。最後まで聞いた私は、呆《あき》れてため息をついた。

「ネット検索？　しかも匿名の掲示板って、信じる方がどうかしてるでしょう。たとえ本当のことが書き込まれていたとしても、そんなに珍しい名前でもないんだから、同姓同名かもしれないじゃない」

違うんだって、と遥が反論しかけた時、飲み物の載ったトレイを手に店員が近づいてきた。生ビールがテーブルに置かれたが、乾杯をする雰囲気ではない。遥はアイスティーのグラスにストローを立て、一口飲んでから続けた。

「確かに匿名だけど、私、その投稿に詳しい話を聞きたいってコメントをつけたの。それで連絡先を交換して何度かやり取りして、間違いないって思ったから今日、被害者の女の人に会って話を聞いてきたの」

そこまで言うと遥は、隣の座席に置いていたバッグから二つに折り畳んだ白い紙を取り出す。広げるとちょうどA４サイズの紙の左上に、クレジットカードほどの大きさのモノクロの身分証のようなものが印刷されている。だが薄暗い店内では、細かいところがよく見えなかった。

「コンビニでコピーを取らせてもらったの。お母さんが会ったのは、この人？」

遥が指差す顔写真を、目を細めて検《あらた》める。今より少し若いようだし、無表情なので分かりにくいが、垂れ気味の目と鼻筋、唇の形も、佑哉の顔で間違いなかった。それは運転免許証のコピーだった。

「取引するのに、身分証明書を確認させてもらったんだって。名前も年齢も合ってるし、それに、お父さんによく似てるし――あとはお母さんにも見てもらえば分かると思って」

コピー用紙を摑んだまま、声を発することができなかった。この人なの、ともう一度問われてうなずいた。白黒の小さな顔写真と氏名、生年月日を順番に確かめる。交付されたのは平成二十年で、有効期限はすでに切れていた。何年か昔のもののようだ。

「トラブルになったのは結構前のことだって言ってたけど、商品が入ったら渡すから詐欺じゃないって逃げようとして、でも訴えを起こしたらすぐにお金を返してきたって。それで示談になったから刑事罰とかは受けてないはずだけど、被害に遭った人はいまだに怒ってたよ。しつこく絡むなら知り合いに頼んで痛い目見せようか、なんて脅しまがいのことを言われたみたい」

聞けば聞くほど、あの佑哉がそんなことをするとは思えなかった。グラスに手を伸ばし、すっかり泡の消えたビールに口をつける。いつも発泡酒ばかり飲んでいるせいか、やけに苦く感じた。

ほどなくパプリカとレモンが添えられたニシンのマリネが運ばれてきた。コピー用紙を畳んで返すと、遥はそれをバッグに仕舞い、マリネを小皿に取り分け始めた。

「それと、もう一つ。お父さんの同級生だった人から聞いた話なんだけど」

取り分け用のトングを私の方に向けて置くと、遥はフォークの先でレモンの輪切りを突《つつ》きながら、言うかどうか迷っている様子で手元を見つめていた。やがて決心がついたように口を開く。

「お母さん、お父さんから遺言書のことって聞いてない？　お父さん、おじいちゃんとおばあちゃんが亡くなったあとに、地元の同級生で行政書士をやってる人に、遺言書の書き方を教えてほしいって頼んだみたいなの」

予想外の話に驚きながらも、すぐに首を振った。夫とは離婚してから、遥のことや事務的なこと以外では連絡を取っていなかった。特に二年前に義父母が亡くなってからは、ほとんどやり取りがなかったように思う。

「しばらく経って、その人が分からないことはなかったか聞いたら、教えてもらったおかげでちゃんと書けたって喜んでたって。お父さんの遺産の整理に行った時、土地の権利書とか通帳とか保険の証書とか、大切な書類は全部ひとまとめにしてあったの。お仏壇のある部屋の押し入れの桐箱《きりばこ》に。でもあの中に遺言書はなかった」

遥はレモンを皿の端によけると、ニシンの身にフォークを突き立てた。

「もしも遺言書が存在したのに、それを読んだ人が自分に都合の悪い内容だからってこっそり捨てたりしたら、どうなると思う？」

そこで言葉を切ると、こちらを見つめ、口の端を上げる。さあ、と首を傾げた。遥がなんの話をしようとしているのか、分からなかった。

「遺言書を故意に破棄した相続人は、相続資格を失うの。亡くなる一年半前の時点で、お父さんは遺言書を書いていたはず。私はもちろん、遺言書を捨てたりなんてしていない。だとしたら、もう一人の相続人が捨てたってことだよね。それが証明されれば、竹内って人は一円も遺産を相続することはできないんだよ」

遥は佑哉が夫の実家を訪ねたのはもっと前のことで、その際に家の中に入り込んで遺言書を破棄したと考えているようだ。施錠はされていたが夫の死後は空き家の状態だ。田舎の古い家だから、窓や庭先から侵入できたかもしれないという。

そして遺言書が破棄された証拠を見つけるために、近々四国の実家に行くつもりだと言った。遺言書そのものがなくても、下書きなど、書いたという形跡がどこかにあるはずだというのだ。

「婚約者の彼が、ついてきて一緒に探してくれるって言ってるの。何日か休みを取って、ちょっと観光したり、うどん屋巡りなんかもしようって話してて」

遺産を渡さずに済む可能性が出てきたからか、遥は上機嫌で、そんなのろけ話まで始めた。遥が出す資金を目当てに飲食店の起《た》ち上げを目論《もくろ》んでいる恋人は、喜んで協力するだろう。

追加で生ハムとアボカドのピザを頼んだ遥は、運ばれてきたソーセージを切り分けながら、ふと思い出したというように顔を上げた。

「お母さんの実家は、遺産争いとかそういうことないよね。おじいちゃんもおばあちゃんも、私が生まれる前に亡くなってるんでしょう」

探るような目つきで私の顔を見る。心に小さな波が立つのを感じながら、そうだと答えた。

「兄弟とか親戚が誰もいないって、寂しいけど面倒がなくていいのかもね。私も一人っ子だし、そうなるのかな」

独りごとのように言って、遥は湯気の立つソーセージを頬張った。


食事を終えてレストランを出ると、東横《とうよこ》線の改札へ向かう遥と地下街で別れた。彼のことは色々落ち着いたら改めて紹介するからと、遥は浮き立った様子で去っていった。

なんとなくこのまま帰る気がしなくて、西口を出ると人の流れに引かれるように、居酒屋やファストフード店などが並ぶビル街の方へ足を向けた。ふらふらと車道の真ん中を連れ立って歩く学生らしい一団にタクシーがクラクションを鳴らす。そう言えば今日が金曜日だったと思い出した。土日が休みでない仕事をしていると、曜日の感覚がなくなってくる。

橋の手前で右に折れると、帷子《かたびら》川に沿ってフェンスの設置された歩道を進む。こちらの方が人通りが少ないため、歩きやすかった。車の音にまぎれて、水の音がかすかに聞こえる。

遥が遺言書の書かれた形跡を探そうとしていることを、佑哉に伝えてやった方がいいだろうか。

そんなことを考えている自分に気づき、うろたえた。

私は遥の母親で、娘の味方であるべきだ。母親としての責任を果たそうと、これまで娘のために手を貸してきた。分かってはいるが、気持ちの整理がつかなかった。

足を止め、フェンスの縁を摑む。手のひらに伝わる冷気に、頭が醒《さ》めていくのを感じた。

梶原美里の暗くきらめく瞳と、彼女が語った言葉を思い出す。

冷たいフェンスに寄りかかり白い息を吐きながら、黒い水面《みなも》に映る信号や街灯の光を長いこと見つめていた。

五

「信じられない！　どうして隠し子なんかの味方をするの？」

土曜日の夜九時。今そちらに向かっているとメッセージが届いて間もなく、部屋のインターホンが鳴らされた。たまたま早番だったので帰宅していたものの、午後からの勤務だったら遥はアパートの前でしばらく待たされることになっただろう。

「自分がお父さんに遺産をもらえなかったからって、娘に嫌がらせするとか、あんまりじゃない。なんで遺言書のことをあいつに話したの」

丸いテーブルの向かいに座った遥は、両方の拳を握り締めて肩を怒らせ、充血した目で私を睨《にら》みつけている。淹《い》れてあげたコーヒーに手をつける様子はない。

「竹内さんに会ったのは、確かめたいことがあったからよ」

何から話そうかと考え、口を開いた。やはり順序立てて説明するのがいいだろう。遥は険しい表情を崩さないまま私の顔を見据えた。

「遥は竹内さんを詐欺で訴えた人に会ったんだよね。その人は、若い人だった？」

不意に問われて、遥は怪訝《けげん》そうな顔になる。

「そんなに若いって感じじゃなかった。私と同じくらい」

「だったら充分若いじゃない」

私が笑うと、馬鹿にしてるの、と遥が平手でテーブルを叩《たた》いた。カップの中のコーヒーがゆらゆらと揺れた。

「違うの。私くらいの年代だと、会ったこともない人とインターネットで商品の売り買いをするって、あまり考えたことがなかったから。免許証を見せてもらうのも、メールで画像のやり取りをすれば済んじゃうんだもの」

遥は言葉の意味を考えているように、宙の一点を見つめていた。やがて私に視線を戻すと、ますます苛立《いらだ》った様子で尋ねた。

「ちょっと待って。もしかしてお母さん、詐欺で訴えられたのは別人だったって言いたいの？」

そうだと思う、と答えると、遥は呆れた顔になった。

「どうしてそう思えるの。あの人のこと、何も知らないくせに」

悪い人には見えなかった、と言っても分かってはもらえないだろう。だから遥が納得するように、佑哉から聞き出したことを話した。

「竹内さん、何年か前に友達に、免許証を貸したことがあったんだって。竹内さんも忘れてたみたいだけど、自分が行けなくなったコンサートに友達が代わりに行くことになって、その時にチケットを買った本人の身分証が必要だって言われて」

免許証を人に貸したことがないかと尋ねた時、佑哉は最初、なかなかその件を思い出せなかった。本人にしてみれば些細《ささい》な出来事で、しかもコンサートの運営側の指示でしたことだった。それがのちに大ごとになるとは思わなかったのだ。

「ブランド品の売買で詐欺行為をしたのは、多分その免許証を貸した友達だと思う。竹内さんは言葉を濁していたけど、色々とトラブルを起こしている人みたいだから」

佑哉は中学からの親友だというその友人のことを、《困ったところもあるけど頼りになる奴《やつ》》だと話していた。金遣いが荒く方々に借金をしているが、面倒見が良くて何かと助けてくれる。私立大学の法学部に進み、法律にも詳しいのだと。

「その友達が竹内さんになりすまして、商品を送らずに代金だけを支払わせる詐欺をしていた。上手《うま》くいけば相手が泣き寝入りすると思ったのかもね。だけど訴えられて事件になれば竹内さんにも連絡がいくから、慌ててお金を返したのよ」

おそらくそれが事実だろう。私の説明に遥は、納得できないが反論もできない様子でうつむいていた。だがやがて、何かに気づいたように顔を上げた。

「そうだったとしても、それが遺産のことと、どう関係あるっていうの。詐欺をしたのはその友達かもしれないけど、遺言書を破棄したのは竹内って人でしょう。だって相続人は私と彼だけなんだから、他の人がそんなことをする理由がないじゃない」

確かに遥の言うとおりだった。だが、その答えはすでに見つけている。私はコーヒーに口をつけると、じれったそうに唇を尖らせている遥を見返した。

「竹内さんが免許証を貸したその友達は、とても面倒見のいい人なの。法律にも詳しいから、お父さんの遺産のことでも色々と相談に乗ってくれていたみたい。認知されてるならお前にも相続する権利はあるんだから、きちんと話し合った方がいいって言われて四国に行ったんだって」

佑哉に確かめたところ、彼に父親の死の知らせが届いたのは、夫が生前に法律事務所に依頼して、相続人の一人として連絡がいくように手配してあったためだ。認知届を出したという証明書も、その法律事務所から届いたものだった。佑哉が話した《事情を知る人》とは、この事務所の弁護士だったのだ。

遥の言ったとおり、夫は遺言書を残していた。それを先の弁護士に預けていれば良かったのだろうが、同級生の行政書士に書き方を教わって自分で作成したものだからか、夫はそうしなかった。そしてその遺言書には、佑哉に遺産を分配すると書いてあったのだろう。それを破棄した者がいるとすれば、その人物は佑哉に遺産を渡したくなかったということになる。

自動運転にしていたエアコンが、低い音を立てた。室内が冷えてきたので作動したようだ。そろそろ終わりにしたかった。遥を正面から見つめ、再び口を開く。

「遥は今の彼と結婚して、二人でお店を開くつもりなんだよね。そのために、たくさんお金がいるんでしょう」

遥の顔が、さっと青ざめた。私が何を言おうとしているのか察したようだ。

「違う。私はそんなことしてない。確かに彼に、遺言書を破棄した相続人は相続資格を失うって教わったけど、自分で遺言書を破棄して、それを竹内って人のせいにしようなんて、するわけないじゃない」

やはりその知識は婚約者から得たものだったらしい。急にそんなことを言い出したので、誰かに入れ知恵をされたのだろうとは思っていた。

「そう。あなたはやってないのね」

じっと遥の目を見据える。自分にこんな冷たい声が出せるとは思わなかった。遥は耐え切れないといったふうに下を向いた。

「ところで、彼とはいつから付き合ってるの。遥はそういうこと、全然話してくれないから、彼氏がいることも知らなかった」

「まだお父さんが亡くなったばかりの頃に出会ったの。彼は、凄く私の支えになってくれて」

気圧《けお》されたように視線を合わせないまま、震える声で遥が答えた。その言葉で確信した。

「その彼って、この人かな」

スマートフォンを操作すると、遥の方に向けてテーブルに置いた。表示された画像を、遥が食い入るように見つめた。

「なんでこんな写真、お母さんが持ってるの」

「竹内さんに頼んで、送ってもらったの」

この夏の花火大会で撮った写真だと聞いた。河川敷のような場所で、ビールの缶を手に乾杯の仕草をする竹内佑哉と、その肩に手を置いてVサインをする彼の親友が並んで写っていた。

「竹内さんの隣にいるのが、さっき話した詐欺事件を起こした竹内さんの友達」

見開かれた遥の目がうるみ、テーブルの上に雫《しずく》がぽたぽたと落ちた。

「最初は竹内さんに遺産を相続させて、自分も少し分け前をもらえたらと考えていたのかもしれない。でもその額が二千万円だって知って、欲が出たんでしょうね。親友が遺産を相続したからって、おこぼれにあずかれる金額なんてたかが知れてる。そもそも彼には何の権利もないんだから。でも、竹内さんが遺言書を破棄したと見なされて相続人から外れ、残された相続人と自分が婚約すれば――ねえ、知ってる？　結婚詐欺って、驚くほど事件になることが少ないの。騙《だま》された方は最後まで相手を信じようとするし、もし裏切られたと気づいても、恥ずかしくて訴えられないんだって」

法律に詳しく、遺言書を破棄した相続人は欠格者となるという知識を利用した男。

遥の《婚約者》こそ、佑哉の親友――遺言書を破棄した犯人だった。

＊

遥が去った部屋で、一人ぼんやりとテーブルに肘をついていた。遥が一口も飲まなかったコーヒーはすっかり冷め切ったままそこにあったが、片づける気力が湧かなかった。疲労の膜に覆われたように、体が動かなかった。

テーブルの上に伏せて置かれたスマートフォンに手を伸ばす。ロックを外すと再び佑哉の写真が表示された。動かない笑顔を見つめながら、梶原美里の言葉を思い出していた。

娘は薄情。だけど息子は可愛い。息子にならば、殺されたっていい。

夫が佑哉に遺産を渡そうとしていたことを知った時、あの人は忘れていなかったのだと、胸が詰まった。

私は必死に忘れようとしてきたのだ。自分が産んだ息子のことを。


夫が私の勤務先に入院してきた三十年前。夫には妊娠中の妻がいた。

だがそのことを、夫は私に黙っていた。妻はつわりが重く出歩くことが困難で、一度も夫の見舞いに来なかった。既婚者だと打ち明けられたのは引き返せないほど夫を好きになり、関係を結んだあとだった。

私が責めると夫は、「どうしても君を手に入れたかった」と苦しげな顔で詫びた。

「君が別れたいなら、そうしよう」

その時も夫は、私に決定権を委ねた。私はそうしなかった。できなかった。

あんなにも人に心を動かされたのは、生まれて初めてのことだった。もう終わりにしなければと思いながらも、会うたびにまた会いたいと渇きに似た感覚に襲われ、自分で止めることができなかった。

彼の妻が娘を出産してからも、私たちの関係は続いた。そして娘が一歳になる頃に、私の妊娠が分かった。

夫は妻と別れ、私と結婚すると言った。そう決めて、自分の意志を通すべく妻にすべてを伝えた。

しかし引き返せない状況をいきなり一方的に突きつけられて、易々と受け入れられるものではない。妻との話し合いは決裂した。

妻に話すと聞いていた日の翌朝。私は夫から、夫が当時家族で暮らしていたマンションに呼び出された。妻から罵《ののし》られることを覚悟して向かったが、その場に妻の姿はなかった。娘の遥はリビングの隣の部屋でおもちゃを散らかしながら、無邪気に遊んでいた。

「妻は、死んでやると言って暴れて――必死に止めたんだ」

夫は疲れ切った様子で話し始めた。眠っていないようだった。

リビングの中央に置かれたソファーは、背の革が何かで裂かれたようにめくれ、中のウレタンが覗いていた。台所の床には割れたグラスがそのままになっており、シンクの周囲には水がやたらと飛び散っていた。ダイニングテーブルの上には、車のキーが投げ出したように置かれていた。

夫は額に拳を押しつけた。シャツの袖口は泥のようなもので黒く汚れていた。

「止めようとして、揉《も》み合ううちに、妻が握っていた包丁が」

刺さってしまったのだと告げられた。言葉の出ない私のそばに夫が歩み寄る。

「遥には母親が必要だ。絶対に」

夫は暗い熱を孕《はら》んだ目で私を見つめると、痛いほど強く両肩を摑んだ。

「遥を何不自由なく育てる。それが償いになるはずだ」

警察に出頭すれば、夫は罰を受けるだろう。だが、私が罪に問われることはない。

私は、自分がしたことの、責任を取らなければいけない。

夫と別れる道を選んでいれば、遥は母親を失うことはなかった。そしてこのままでは、父親をも失うことになる。私は覚悟を決めた。

彼の妻は私と同じく若い頃に身寄りをなくし、付き合いのある親戚はいなかった。夫はマンションを処分し、遥と私とともに横浜へと居を移した。

半年後に横浜市内の産院で息子を出産した。父親の欄は空欄のまま、自分の名前で出生届を出した。名づけは夫がした。

佑哉と一緒に過ごしたのは、退院して体が回復するまでの一か月だけだった。一人で産んだが育てることができなくなったと事情を伝えて乳児院に預け、私はそのまま一度も面会には行かず、失踪したことになっている。

夫の妻になりすまし、遥を育てた。幼いながらも庇護者を失ったことに気づいた遥は不安が強くなり、私や夫の姿が見えなくなるとすぐに泣き出した。小さな手でしがみつき、私のそばを離れようとしなかった。そんな遥を可愛いと思うことに、罪悪感を覚え続けた。

遥が求めていた温かな愛情を、私は与えられなかった。それでも食事を手作りし、家を清潔に保ち、遥が話すことにはきちんと耳を傾けた。抱きしめてほしいのだと思えば抱きしめた。母親としてやるべきことは、やってきたつもりだ。

遥が巣立ち、夫が死んだ今、私がこの役目を続ける意味はあるのだろうか。私は責任を果たせたのだろうか。

スマートフォンに表示された画像が暗くなり、消えるのを、ただ眺めていた。

最後に会った時の、佑哉との会話を思い出す。

きちんと遺産を受け取れるように娘を説得すると告げた私に、佑哉は心から感謝している様子だった。

「本当にお世話になりました。僕にこんなことを言われたら嫌かもしれないけど、相馬さんって初めて会った時から、なんだか他人のような気がしなくて。もし良ければこの件が終わっても、また会ってもらってもいいですか」

これまで天涯孤独の身の上だった彼にとって、私の存在は初めてできた親戚のようなものだったのだろう。

会うことはないと思ったが、微笑んでうなずいて見せた。佑哉は嬉しそうに笑った。

「じゃあ、これからもよろしくお願いします。相馬さん」

佑哉は改めてそう呼びかけたが、それは私の名前ではなかった。

第三話　崖っぷちの涙

一

ここだけは踏み外しちゃいけない。

崖っぷちにいながら、それが分かっていない人間がたまにいる。きっと自分の足元が見えていないのだろう。見ないようにしているのかもしれない。

今、俺と一緒に寮のトイレを掃除している山上《やまがみ》は、母親をぶん殴ることだけはしちゃいけなかった。それさえしなければ、中学生の頃から十五年間引きこもってきた実家を追い出されることはなかっただろう。

「山上さん、雑巾は洗って使うんで。そこに捨てると詰まっちゃいます」

便器を拭いた雑巾を信じられないことにそのままトイレに流そうとする山上に、慌てて注意した。

「いや、でもうちではこうしてたけど」

山上は注意されると必ず口ごたえをしてくるので面倒臭い。所長の三浦《みうら》が相手の時は黙って言うことを聞くくせに、自分より若い俺には途端に反抗的になる。

「そうかもしれないけど、ここの決まりなのでお願いします」

山上の実家に雑巾をトイレに流す習慣があったとは思えないが、まともに話す気がしないのでそれだけ言って受け流した。俺の仕事は山上を真人間にすることじゃない。この寮をある程度清潔に保ち、山上を始めとする寮の入居者をある程度健康に保つことだ。

「大体、掃除とか配膳とか、なんで俺らがやらされるんだよ。ちゃんと契約金は払ってるんだろう」

その金を出しているのは山上の親であり、自身は一円も負担していないのに、臆面もなく不満を口にする。

「ここを出たら山上さんは実家に帰るか、一人暮らしをすることになるでしょう。どちらにしても、ご両親も高齢ですし、身の回りのことはできるようになっておいた方がいいですよ」

寮のトイレ掃除くらい山上に手伝ってもらわなくてもできるし、むしろ手を出さずにいてくれた方が早く終わる。俺だって山上と不愉快なやり取りをしなくて済む。

しかし何もすることがなく狭い部屋に押し込められていると、人は病んでしまう。適当な目標と適当な役割を与えることは、入居者の心身の健康のために必要なことだった。

「もうババアと暮らすの、俺は無理だから。ここ出たらマンションとかで一人暮らしがしたいって、伝えといてくれよ」

雑巾を洗面台の縁に置いた山上は、まだ全部の個室の掃除を終えていないのにそう言い捨てて出て行った。クレジットカードを自由に使わせなかったという理由で殴られた母親は、すでに夫婦で田舎に引っ越し、山上の実家は他人のものとなっている。

山上は何か月か先には働く先も住む家もないまま強制的にここを放り出されることを知らない。母親がこの自立支援施設に支払った契約金は、きっかり一年分だけだった。おそらく山上に新しい連絡先を知らせることもないだろう。

洗面台に放置された雑巾は、持ち上げると水が滴《したた》るほどぐしょ濡《ぬ》れだった。入居して半年以上経《た》つが、山上はいまだに雑巾をきちんと絞ることができない。自分のやりたくないことはあれこれ理由をつけてやらないし、興味のないことは覚える気がないのだ。

ブラシに酸性洗剤をつけ、手早く残りの個室の便器の掃除を終えると、固く絞った雑巾で床まで拭き上げる。雑巾を洗ったあとは洗面台の水垢《みずあか》をスポンジで擦《こす》り落とし、乾いた雑巾で水分を拭った。トイレ掃除の手順は、二年前にこの施設で働き始めた時に三浦から教わった。壁は上から下に拭き、最後に必ずトイレットペーパーを点検して補充しろと言われた。

掃除用具を仕舞ってトイレを出ると、カーペット敷きの廊下を進み階段を降りた。階段の正面が玄関扉で、車椅子なども入れるように両開きとなっている。元は小規模のグループホームとして建てられた施設が経営破綻したのを、三浦が安く買い取ったのだ。

広い三和土《たたき》の右側には靴入れが、その向かいには小さな受付窓がある。玄関の隣が職員用の事務室となっていて、俺はいつもそこに詰めていた。

事務室のドアを開けると、机に向かっていたもう一人の職員である野崎《のざき》がびくりと肩を震わせた。そろそろと首を回すと、半分閉じた目を擦る。

「あー、お疲れさまです」

「仕事中に寝るなって言ってんだろ。ていうかお前、さっき出勤したばっかじゃん」

勤務表のホワイトボードの上に掛けられた時計は十一時を過ぎたところで、野崎は今日は朝十時からの勤務だった。

「いや、寝てないっすよ。ちょっと休んでただけで、頭ははっきりしてましたから」

腫れぼったい目と寝癖のついたボサボサの頭でそんなことを言われてもまるで信憑性《しんぴょうせい》はなかったが、面倒なのでそれ以上は言わなかった。山上と同じだ。野崎は単なる同僚で、こいつを真っ当な社会人に育てるのは俺の仕事じゃない。

三か月前からここで働き始めた野崎は、歳《とし》は俺の三つ下なので二十代の前半だが、猫背の姿勢と覇気のない表情のせいで五歳は老けて見える。高卒で職務経験はなく、運転免許は持っているが度重なる違反のために取り消し寸前の状況らしい。なんでそんな奴《やつ》を雇うのかと思うが、三浦にとって義理のある知り合いから頼み込まれ、断れなかったのだとあとになって聞いた。

「買い物に出てくる。昼の弁当、もうすぐ届くと思うから受け取り頼むな」

「了解っす。あ、戌亥《いぬい》さん。買い物行くならついでに飲み物頼んでいいですか。なんか甘いやつ」

悪びれた様子もなくそんなことを頼んでくる野崎に心底うんざりしながらも、何も言わずにうなずいた。野崎はつい一昨日、俺のロッカーのネームプレートに書かれた《戌亥》という字を指差して「そういえばそれ、なんて読むんすか」と聞いてきた。三か月間も俺を「いぬいさん」と呼んでいながら、毎日見ているこの漢字がそれだと認識していなかったのだ。そんなぼんやり生きている人間に気づかいなんて求めても無駄だ。

野崎はいまだ眠そうにあくびを噛《か》み殺すと、スマートフォンをいじり始めた。またいつものパズルゲームをするつもりだろう。ここに来たばかりの頃、もう少し真剣に働いたらどうかと説教をしたこともあったが、野崎が言うには自分なりに真面目にやっているつもりらしい。「色々やらかすこともあるけど、そういう時はとにかく謝って、ちょっと泣いたりすれば許してもらえるんで」と独自の処世術を披露され、指導するのを諦めた。

「入居者が勝手に出て行かないようにだけは気をつけろよ。前に、脱走して家に戻ろうとしたのがいたから」

机の引き出しから車と玄関の鍵のついたキーホルダーを取り出しながら声をかけた。

「そんな元気ある人いないっしょ。あの人たちって、なんか悟っちゃった牛みたいな顔してるし」

野崎はスマートフォンから顔を上げると、尖《とが》った八重歯を見せてへらへら笑った。

理解不能な比喩表現を無視して事務室を出る。今日は三浦が午後に顔を出すことになっている。あまりゆっくりはしていられない。

職員用のサンダルに足を入れると、内鍵を外して玄関の扉を開ける。外に出てしっかりと施錠し、アラームをオンにした。それから車に乗り込む前に、いつもどおり建物の周囲を見て回る。

鉄筋二階建ての施設は玄関のある北側に三台分の駐車スペースがあり、塀に囲まれた建物の東西は砂利の敷かれた通路。日当たりのいい南側が広めの庭になっている。この辺りは相模原《さがみはら》でも郊外の方に位置していて、横浜《よこはま》なんかに比べて、土地の値段が相当安いらしい。それでこれだけの敷地面積があるのだ。

裏庭に回ると、すっかり花の散った桜の木の下の花壇に黄色や紫のパンジー、それとネモフィラというらしい小さな青い花が咲き乱れている。三浦に庭が殺風景だと言われ、ホームセンターで買ってきて植えたものだった。水やりをしたあと、一階と二階にそれぞれ四部屋ある個室の窓を確認する。どこもきちんと施錠されていた。窓を含む玄関以外の出入り口は、普段から開けるとアラームが鳴るようにしてある。建物を囲む塀にも振動に反応するアラームがついていた。どれも防犯のためではなく、入居者の脱走を防ぐためだ。

俺の働くこの施設は、世間的には自立支援施設と呼ばれている。家族から依頼を受けて引きこもりの当事者を引き取って入居させ、日常生活を送れるように手助けするのが俺たちの仕事だ。

三浦が神奈川県内でこの事業を始めたのは四年前のことだ。当初は古いアパートを借り上げて数人の入居者の面倒を見ていたそうだが、需要が増えてきた現在では県内外に四箇所もの施設を所有し、都内や関東近県の要支援者を受け入れている。引きこもり当事者はこれらの施設で共同生活を送りながら、健康的な生活を送れるように指導を受ける。医療機関とも連携し、治療が必要な状況なら往診を頼んだり、通院や入院をさせることもある。

食事は、朝はパンなどの簡単なものを出すだけだが、昼は栄養バランスの取れた弁当の宅配を頼み、夕飯は調理専門のパートを雇って作ってもらっている。個室も、浴室やトイレなどの共同スペースも定期的に掃除をしているし、ラジオ体操など簡単な運動をさせて健康を保っている。自由な外出だけは禁止だが、入居者たちはそもそも、あまり外には出たがらない。風邪をひいた時に病院に行くことさえ嫌がるくらいだった。

それでもたまに家に帰りたいと訴える者はいる。しかしこちらとしては金を出している家族の意向を尊重しなきゃいけない。実際のところ、家族に入居者の希望を伝えて帰らせてもいいと許可を出されたことは、一度もないらしい。働きはしないが飯だけは食う、腫れ物みたいに扱わなきゃいけない大きな子供をやっと厄介払いできたのに、また戻ってきて引きこもってほしいなんて、誰も思っていないからだ。

そんな状況なので、ごくまれにではあるが脱走者が出ることがある。俺が働き始めてからも一人だけいた。夜中に窓から出ようとしたのでアラームが鳴って気づいた。門の鍵が開けられずもたもたしているところを見つけ、穏便に話をして連れ戻すことができた。

もしもあの時に目が覚めず、そのまま取り逃がしていたらと思うとぞっとする。今の俺にとって踏み外しちゃいけないのは、この仕事だ。様々なものを失って、ぼろぼろだった俺を三浦は拾ってくれた。三浦に言われたことをきちんとやり遂げる。それで俺はこの世界で生きることを許されている。

だから俺は七人いる入居者たちの世話を、できるかぎり完璧にこなしていた。共同スペースの掃除は入居者に当番制でやらせる決まりだが、ちゃんと俺が仕上げをする。洗濯は野崎に任せることになったが、あいつの仕事は大体が適当だ。そのままだと皺《しわ》になりそうな干し方をするので直してやったり、天気が崩れそうなら取り込んでやったりとフォローをしている。

建物の周りを一回りしたが、特に異状はないようだった。施設の白いミニバンに乗り込み、エンジンをかけるとリモコンで門を開ける。路上に出て再び施錠すると、在庫の切れそうな洗剤や常備薬を買うために薬局へと向かった。

昼前に施設に戻ると、事務室で三浦がスポーツ新聞を読んでいた。

「おう、戌亥。ちょっと早いけど、これからいいか？」

三浦は家族や当事者との面談など、人前に出ることが多い。なのでいつもワイシャツにスラックスという恰好《かっこう》だが、やけに迫力のあるぎょろりとした丸い目とその脇に斜めに走る傷痕は、やはりカタギの人間には見えなかった。三浦の指導に逆らう入居者がいないのは、この風貌もあってのことだろう。

「あ、はい。昼の弁当配ったら二十分くらいで出られますけど」

「いや、野崎もいた方がいいんだ。食堂で話そうぜ。なんか適当に作ってやっからよ」

「分かりました。あいつ、どっか行ってるんですか」

事務室の中に野崎の姿はなかった。洗濯は一日おきなので、今日は俺の補助をする以外に大した仕事はないはずだった。

「そういや、便所に行ったまま帰ってこねえな。もう十分は経ってる」

職員用トイレでパズルゲームに熱中していたと思われる野崎を荒っぽいノックで呼び出した。

「普通こんなとこまで呼びに来ないっすよ」という野崎の抗議を受け流し、手分けして入居者たちに弁当を届ける。配り終えて二人で食堂に入ると、調理場の方から香ばしいごま油の匂いが漂ってきた。鍋を振っていた三浦がこちらを振り返り、口の端を上げる。

「懐かしいだろ。まかないのチャーハン」

三浦とは今から六年ほど前、学生時代に町田《まちだ》の居酒屋で働いていた時に知り合った。俺たちアルバイトをまとめていたリーダーが三浦で、歳は俺より七つ上だった。三浦はまだ二十代だったはずだが、クレーム処理なんかもそつなくこなすところが、ずいぶん大人に見えた。そしてまかないに作ってくれる丼物や焼き飯はどれも絶品だった。

「うわ、めっちゃ美味《うま》そうじゃないですか」

野崎が目を輝かせ、調理場を覗《のぞ》き込んだ。

「熱いうちに食えよ。戌亥、紅ショウガ出してくれるか」

三浦が一人前ずつ盛りつけたチャーハンの皿をカウンターに並べる。野崎に持っていくように言うと冷蔵庫から紅ショウガのタッパーを出し、給水機で注《つ》いだ水を運んだ。

野崎の隣に腰を下ろし、レンゲを手に取った。向かいの三浦が食べ始めるのを待って、湯気の上がるチャーハンを頬張る。長ネギと焼豚と卵だけのシンプルな具材を使い、わざと醤油《しょうゆ》を焦がすのが三浦のやり方で、俺はこの味が大好きだった。

「――戌亥。来週、《引き出し》を一件やってもらえないか」

ほとんどかき込むように焼豚チャーハンを食べ終えたところで、三浦が用件を切り出した。俺がですか、と戸惑いながら聞き返す。意外な提案だった。

引きこもり自立支援事業は、ごく一部で《引き出し屋》とも呼ばれている。元々はまともでない業者を指した言葉だ。酷《ひど》いところでは引きこもり当事者を無理矢理に部屋から引っ張り出して、施設に監禁したり、提携の病院に入院させて保険料を搾取したりする。

だがその実情が表に出ることはない。施設に閉じ込められている当事者に声を上げる手段はないからだ。それでも運良く逃げ出せた脱走者が警察に駆け込むことがあり、少しずつそういう悪徳業者の存在が世に知られ始めている。弁護士や引きこもり支援団体から、その手法は人権侵害に当たり法的にも問題があると批難の的にされている。

うちは健全な運営をしていると三浦から聞かされているが、入居者の話からすると、どうも怪しいと感じる部分はあった。山上は柄の悪い男たちに部屋から引きずり出され、なんの説明もなく車に押し込まれて連れて来られたと言っていた。これからここで暮らすのだと納得させるのが大変だった。

「俺、当事者の引き取りはやったことないですけど。人手が足りないんですか」

そもそもまともな業者は《引き出し》なんて呼び方はしないんじゃないか。先ほどの三浦の言い回しに湧いた疑念を胸に押し込めて尋ねた。

「今まで引き取りを担当してた奴が、ちょっと問題を起こしてな。しばらく県外に行ってもらうことになったんだ。それでどうしようかと考えてたところに、急ぎの依頼が入っちまって。戌亥だったら俺も信頼できるんだよ。お前は絶対に無茶をしないし、言われた仕事はしっかりやってくれるからな」

そう言われると悪い気はしなかったが、人には向き不向きがある。

「もちろん、無理矢理連れ出すなんてことはしなくていい。親の方にはきっちり俺が話を通しとくし、野崎を補助としてつける」

自分の名前が出たのに気づいていないのか、野崎はまだ皿に半分近く残ったチャーハンをレンゲですくっている。野崎は食べるのが遅い。何をするのも遅い。

できれば補助は他の奴に頼みたかったが、本人を目の前に言っていいものか迷った。するとそれを悩んでいると取ったらしい三浦が身を乗り出し、ぎょろりとした目で俺の顔を見据えた。

「引き取り担当には特別手当を出すことになってる。一件につき三万だ」

まじっすか、と大声を出したのは野崎だった。食うのに夢中になっているように見えたが、ちゃんと聞こえていたらしい。

「やらせてください。正直ここでずっと座ってんの、退屈なんすよね」

その退屈な仕事すらきちんとこなせないくせに、野崎はすっかり乗り気になっている。

「じゃあ、決まりでいいな。お前らが留守にする時には、ここの管理は別の奴に任せる。野崎にはさっそく明日から動いてもらうからな」

翌日には野崎は三浦とともに横浜に行き、依頼人である当事者の家族との面談に立ち会った。どうして俺じゃなく野崎を連れて行くのかと尋ねたところ、「お前は愛想がねえからな」という率直な答えが返ってきた。

「俺らみたいないかついのが二人じゃ、依頼人が怯《おび》えて話せねえだろ」

確かに俺は野崎のようにへらへらと笑うことができない。入居者たちにもあとから入った野崎の方が人気があるようだ。

「戌亥には、当事者としっかり話して説得するって役目の方をやってもらう。野崎にはその準備を手伝わせる。適材適所ってやつだよ」

三浦は励ますようにそう言ったが、仕事のあとに中華街でフカヒレを食わせてもらったなどと野崎が能天気に喜んでいるのを見ると、やっぱりいい気はしなかった。

最初の面談で三浦が当事者の病歴や現在の状況を聞き取ったあと、その翌日に今度は野崎が一人で具体的な段取りの打ち合わせに出向き、引き取りの日程は二日後と決まった。依頼人が可能な限り直近で頼みたいと言ったのだ。指定された日、昼前に三浦が寄越《よこ》したスタッフに仕事の引き継ぎをした俺と野崎は、二人とも着慣れないスーツ姿で施設のバンに乗り込み、依頼人の家のある横浜に向かった。もちろん俺の運転だ。

出てすぐのコンビニで昼飯とコーヒーを買い、圏央道から町田に向かう。野崎は町田の手前で自分用に買ったナポリタンを食べ終えると、ケチャップで汚れた唇を半開きにして窓の方へ体をもたせかけ、居眠りを始めた。

野崎を見ていると、いつかこいつも踏み外してはいけない崖を踏み越えてしまう気がして、嫌な気分になる。俺はもう絶対に踏み外さないし、その瀬戸際に立つことすら御免だった。落ちてしまえば、戻ることはできない。

保土ヶ谷《ほどがや》バイパスを二十分ほど走ってインターチェンジで降りる。横浜市内ではあるがファストフード店やラーメン店、家電量販店の並ぶ国道は、山林を切り拓いたと見えて坂道が多かった。市街地を抜けて住宅地へと入ると、家々の間に畑やビニールハウスがぽつぽつと覗く、のどかな風景が広がっている。

「野崎、もう近いみたいだぞ。そろそろ起きとけよ」

声をかけると、シートからずり落ちるような姿勢で寝ていた野崎が目を擦りながら大あくびをする。

「すいません。昨日、遅くまでゾンビとサメが出てくる映画観《み》てたもんで」

「今ナビに入ってるのが、依頼人の家だよな」

野崎の言いわけを無視して尋ねる。出発する時に野崎が面談で聞き取ってきた電話番号をナビに入力し、目的地に設定した。到着までの時間はあと五分と表示されていた。

「ええ。ちゃんとメモのとおり打ち込んだんで、間違いないっす」

「家族は当事者のこと、どんなふうに言ってたんだ？　お前も三浦さんと一緒に、話を聞いてたんだろう」

依頼人との面談や引き取りの段取りを野崎がしている間、俺は通常の業務に加えて野崎の代わりに洗濯をこなしつつ引き継ぎの準備をしていたため、今朝まで顔を合わせることがなかった。その上、寝坊した野崎が遅刻してきたせいで、俺はまだ依頼人の名前すら聞かされていなかった。

「面談には父親が一人で来たんすけど、なんか疲れ切ってる感じでしたね。中学生の頃から引きこもってて、もう三十過ぎてるらしいっす」

「当事者は納得してんのか。施設に行くって」

「その息子、父親とは口をきかないらしくて。母親の方から言い聞かせとくって言ってました」

なんとなく不穏なものを感じながら、住宅街の中を通る片側一車線の細い道を進む。さらに道なりに数百メートル行ったところで、ナビの音声が《目的地付近です》とアナウンスした。ちょうど空き地があったので、そこに寄せて車を停《と》める。

「それで、どこの家だよ」

その一帯には古い一軒家や新築と見える家など、何軒もの住宅が通りに沿って並んでいる。ここまで運転してきた俺に一応は気をつかったのか、野崎はいつになく素早い動作でドアを開けた。

「表札、確認してきます」

車を降りた野崎は不審者丸出しで周辺に建つ家々の表札を見て回ると、ほどなく戻ってきて空き地から道路を挟んで二軒目の家を指差した。

「あそこの一番ボロい家です。駐車場ないみたいなんで、とりあえずここに停めときましょうか」

野崎が指し示した家は、その隣にある真新しい南欧風の外観の家に比べて、ずいぶん古く、傷んでいるように見えた。

水色のモルタルの外壁に、青っぽいスレート葺《ぶ》きの屋根。壁はひび割れて黒いカビが浮き、屋根は大分色が褪《あ》せている。二つある二階の窓は雨戸がぴったりと閉じられていた。

エンジンを切ると車を降り、ドアをロックする。しばらくなら停めておいても問題はないだろうが、万が一のことがあってはいけない。

「まず先に俺が挨拶しに行くから、野崎はここにいてくれ。車を停めといて大丈夫か、了解が取れたら呼ぶから」

野崎がうなずくのを見てとると、車のキーを渡して例の家へと向かった。

門柱の表札には《梶原》とあった。「かじはら」と「かじわら」のどちらだろう。野崎に確認しようと振り返りかけた時、門柱の下の錆《さ》びたポストにローマ字で《KAJIWARA》と刻印されているのに気づいた。なぜだか門扉の片方が外れている。蝶番《ちょうつがい》は土埃《つちぼこり》で汚れていて、かなり前から壊れたままになっているようだ。

引きこもりの息子を抱えた心労で、両親は家の修繕どころではないほどに疲弊しているのかもしれない。きちんと会話ができるだろうかと不安になりながら門の内側へ入ると、玄関前に空っぽの植木鉢や横倒しの買い物カートが転がっているのが見えた。

金属製の黒いドアの横についているインターホンを押した。ややあって、ドアの向こうでどたどたと足音がした。鍵を回す音のあと、扉が細く開かれる。

「はい──どなた?」

隙間から丸い小さな目が覗いた。ずいぶん背の低い五十代くらいの女が、訝《いぶか》しげに俺を見上げていた。引きこもり当事者の母親だろうか。

「こちら梶原《かじわら》様のお宅でしょうか。三浦自立支援センターから派遣されてきました戌亥と申します。息子さんをお迎えにまいりました。今日のお約束でよろしかったですよね」

「はあ。ちょっと待ってくださいね」

どうやら母親で間違いないようだ。ぼんやりした表情のまま、女がドアを大きく開ける。どうぞ、と言われ、ひとまず玄関の中へと入った。外の乱雑さと打って変わって、三和土《たたき》には一つも靴が置かれていない。ちぐはぐな印象を覚えながら、彼女が履いていたサンダルを脱ぎ、几帳面に靴入れに仕舞うのを眺めていた。靴入れの上には普通なら家の鍵や印鑑が置かれていたり、花が飾られていたりするものだが、そこにも一切ものがなかった。

母親はずんぐりした体形で化粧をしておらず、顔のパーツが小さくて真ん中に寄っているという特徴的な風貌をしていた。白髪が目立つ薄い髪を後ろで一つに束ねていて、黒のトレーナーはあちこちに毛玉がついていた。

「それで、約束って息子は承知してるんですか。私、何も聞いていなくて」

サンダルを仕舞い終えて上がり框《かまち》に立った母親が、不安そうに目をまたたかせた。

「旦那さんからお話を聞いていないんですか」

まさかと思いながら尋ねると、母親は「なんのことですか」ときょとんとした顔になった。

三浦から聞いていたのと話が違う。依頼人である当事者の父親は、妻に何も話さないままうちに引き取りを依頼したらしい。舌打ちが出そうになるのをこらえる。ここまで来て、出直さないといけないようだ。

「すみません。行き違いがあったみたいですね。私どもは旦那さんからご依頼を受けて、息子さんを預かりに伺ったんです。息子さんが引きこもりの状態で、困っておられるとのことで」

「は？　なんです、引きこもりって。恭介《きようすけ》はちゃんと働いてますよ。確かに部屋からはあまり出ないですけど、パソコンを使った仕事をしているんです」

突然顔色を変えた母親は、猛烈な剣幕で反論した。どうも思った以上にややこしい案件だったようだ。夫婦の間で認識が異なっている。ここで息子を連れ出そうとしたら、通報されかねない。一旦仕切り直した方が良さそうだ。

「そうでしたか。それは失礼しました。ではこの件は一度持ち帰りまして、旦那さんの方に確認させていただきます」

俺は神妙な口調で詫《わ》びると、頭を下げた。

「待って。夫と何を話すの」

帰りかけた俺のスーツの肘の辺りを、母親が素早く掴《つか》んだ。ぎょっとして丸っこい手を見つめる。

「その——ご依頼いただいた際に伺ったお話と状況が違うので、再度聞き取りをさせていただくつもりですが」

母親はがっしりと袖を掴んだまま、口をぽかんと開けて固まっている。早く放してもらおうともう一度、失礼しますと言いかけた時だった。

「やっぱり、お話を聞かせてください。どうぞ、上がって」

母親はようやく手を放すと、不自然な愛想笑いを浮かべた。先に野崎に伝えるべきかと思ったが、母親はその場に膝をついて靴入れを開け、俺が脱いだ靴を仕舞おうと構えている。その圧力に、ひとまず靴を脱ぐしかなかった。

壁にも床にも何もない殺風景な廊下を進み、突き当たりのガラス扉の部屋に案内される。くすんだ色のカーペットが敷かれた床に低いテーブルと布張りのソファー、液晶テレビ、四人掛けのダイニングテーブルがあるだけのがらんとしたリビングだった。掃き出し窓の厚ぼったいカーテンは閉じられていて、昼なのに薄暗い。

座っていてくださいと言われ、スプリングが軋《きし》むソファーに腰掛ける。母親は無言のままリビングの奥の台所へ向かった。ガスコンロに点火した音が聞こえ、お茶か何かを淹《い》れようとしているらしいと分かった。

待っている間に、所在なく周囲を見回す。白っぽい壁にはどこかの病院のものらしいカレンダーと、その上に学校の教室にあるような丸い時計が掛けられているが、他に写真や絵などの装飾はない。台所のカウンターの上にも、目の前のテーブルの上にも、徹底的に何もなかった。

異様なまでに片づいた部屋に気圧《けお》され、しばし座り心地の悪いソファーの上で硬直していた。ヤカンのお湯が沸く音で我に返る。野崎に連絡をするなら今だった。

《話が違うみたいだ。三浦さんに連絡を取ってくれ》

そこまでメッセージを打ち込んだところで、母親がこちらに向かってくるのが見えた。慌てて送信する。既読になったのを確認して、スマートフォンをポケットに押し込んだ。

目の前のテーブルに二つの茶碗を置くと、母親は俺の向かいに正座し、どうぞ、と言った。茶碗に口をつけるのをじっと見つめられ、気味が悪かった。お茶は妙にぬるかった。

話を聞きたいと家に上げたのはそっちなのに、母親は無言でお茶を飲んでいる。落ち着かない気持ちで茶碗の半分以上を飲み干し、ようやくこちらから切り出した。

「それで、息子さんのことですが――」

言いかけて、目の前の景色がぐにゃりと歪《ゆが》むのに口をつぐんだ。テーブルに手を突いて体を支えようとするが、力が入らずそのまま突っ伏してしまう。力強い腕に体を支えられた。生暖かい体温を感じた。耳元で何か呼びかけられたが、水の中にいるように雑音が混じり、言葉が判別できない。急激に視界が狭まり、音と光が遠ざかっていった。

気がついた時、俺は真っ暗な部屋のベッドの上で、万歳をするように両腕を上げて仰向《あおむ》けに寝転んでいた。必死に首を起こすと、上はワイシャツを着ているが、なぜか下半身はスラックスを脱がされ、下着だけにされているようだ。

手足が動かせないことに強い恐怖を覚えた。何が起きたのか、思い出そうとするが、頭の中に泥が詰まったようにものが考えられなかった。

息を詰め、足元の方に目を凝らす。足首にロープのようなものが結ばれ、その端がベッドの脚の方へと伸びている。首を回すと、手首も同様に縛られて金属製と思《おぼ》しきベッドの柵に括《くく》りつけられていた。

自分が監禁されているのだと理解した直後、俺は叫び声を上げていた。

二

怖くて、怖くて、気が変になりそうだった。ああ、とか、うわあ、という言葉にならない声を張り上げた。そうして喚《わめ》きながら、水泳でバタフライをするように思い切り体を波打たせる。手首と足首の皮膚がロープに擦れ強烈な痛みが走ったが、それどころではなかった。

ベッドはきいきいと軋むばかりでびくともしないが、ロープが少し伸びたように思えた。きっと結び目が緩んだのだ。希望が出てきた。俺は叫ぶことをやめ、歯を食いしばって体を揺らすことに集中した。手首が火に触れたように熱く、ぬるっとした感触がした。きっと血が出ているのだろうが構っていられない。むしろ血で滑らせればロープから抜けられるんじゃないか。俺は握っていた拳を開き、指先をすぼめるような形にしてぐっと腕を縮めてみた。しかし痛いばかりで、手首に食い込むロープの位置は変わらなかった。

手首を抜くことを諦め、助けてくれと叫びながら再び体を揺らし始める。何度目かに叫んだ時、ばん、と足元の方で大きな音がした。同時に部屋の中が少しだけ明るくなる。動きを止めて首を持ち上げた。開いたドアの前に、険しい顔をしたあの母親が立っていた。

「こっちはあんたを死なせないために、薬の量を少なくして、口も塞がないように気をつかってあげたんだ。なのに暴れて叫ぶの？　もっと強い薬に変えようか。口の中にタオルを突っ込んでやろうか？　吐いて窒息するかもしれないけどね」

母親はドアを塞ぐように突っ立ったまま、押し殺した声で告げた。途端に頭の芯が冷え、動けなくなる。ぎらぎらと光る小さな目が、俺を見据えていた。こういう目を俺は知っている。やると言ったことを、相手が泣こうが喚こうが必ずやってのける奴の目だ。

また突き抜けるような恐怖が襲ってきたが、視線をそらしてはいけないと思った。昆虫のそれのような真っ黒な丸い目を見返す。声が漏れないように唇を固く閉じ、鼻から大きく息を吸い、吐いた。苦しくなるまで吐き続け、もう一度吸う。

今、自分に分かっていること。この母親は薬を入手できる立場にあり、扱いに慣れている。窒息の危険を気にしたということは医療関係者なのかもしれない。そして今のところは、俺を殺さないつもりでいる。

「――なんでですか」

腹に力を入れて、そう尋ねた。頭の中で状況を整理したことで気持ちを落ち着けられたと思ったが、発せられた声は震えていて、ほとんど泣き声だった。それでも、なんとか意思疎通をしなければと、からからの喉で無理矢理に唾を飲み込んで続けた。

「なんでこんなこと、するんですか。俺は旦那さんに頼まれて、ここへ来ただけです」

「あの人から、何を聞いたの」

低い声で逆に尋ねられ、一瞬、頭の中が真っ白になる。俺は直接は依頼人である父親に会っていない。面談の場にいたのは三浦と野崎だが、特に注意すべきことは聞かされていなかった。引きこもりの息子を預かってほしいと言われただけだ。そのことはさっきも説明した。これ以上、俺に言えることはない。

「俺は――」

何も知らない、と言おうとした瞬間、ぞくりと背中に冷たいものが走った。

俺は今、踏み外そうとしているのかもしれない。胸が詰まり、息が上手《うま》く吸えなくなった。喘《あえ》ぎながら必死に思考をめぐらせる。この切り札を手放したら終わりだ。

「あのこ、こ、とだっ、た、た、ら、誰に、に、も言い、い、ま、せ、ん、ん」

母親の顔が強張《こわば》った。《あのこと》がなんのことかは知ったことじゃない。俺は今、そう言うしかないのだ。こいつは用なしだと気づかれないために。

この母親は、人に知られたくない秘密を抱えているらしい。そしてその秘密は、薬で意識を失わせて相手を監禁しなければならないほどに、彼女にとって重大なものなのだ。

しかし言葉を発してしまってから、どくどくと鼓動が速まってきた。やっぱり俺は、間違えたのではないか。踏み外してしまったのではないか。

秘密を知った人間を、殺してしまうという選択もあったのだ。

ばたんという音とともに、室内が再び真っ暗になった。ドアが閉じられたのだ。カーペットをしゅっしゅっと擦る音。こちらへ近づいてくる。心臓がぎゅっと縮み、そのまま止まるんじゃないかと思った。恐怖に押し潰《つぶ》されそうだった。だが目を閉じてはいけない。必死に暗闇を凝視する。

ようやく目が慣れてきた時、あのぎらぎら光る黒い瞳が顔の真ん前にあった。漢方薬に草が混じったような奇妙な口臭に、思わず顔を背けた。強い視線を頬に感じ、そこがじんと熱くなる。

「他にそれを知っている人は？」

鋭い声が耳を打った。はっとして向き直ると、射貫くような眼差《まなざ》しが俺を捉えていた。どう答えたらいいのだろう。そもそも俺は肝心の秘密がなんなのか分かっていない。具体的な話になったら終わりだ。緊迫した状況で、どうしたら自分を守れるかを一心に考えた。

「俺の同僚の、野崎って奴もその場にいました」

母親をまっすぐ見据え、言葉を区切ってはっきりと言った。これしかないと出した答えだった。こう言っておけばきっと、すぐに殺されることはない。野崎には三浦に連絡するようにメッセージで伝えてある。あれからどれくらい時間が経っているのか分からないが、いずれ助けが来るはずだ。母親がどんな決断を下すか、見えない何かに祈りながら待った。息苦しい沈黙が流れる。

「そうなの」

感情の読み取れない、平板《へいばん》な声が降ってきた。目を凝らし、表情を確かめるが、さっきと変わらない不機嫌そうな顔をしている。母親はそのまま俺から体を離すと背を向けた。そしてドアの方へと歩いていく。

どうやら殺されずに済んだという安堵《あんど》と同時に、今はまだ俺を解放する気はないのだと、振り出しに戻されたような気持ちになる。

「あの、いつまでこうしておくつもりですか。俺を閉じ込めておいても、意味ないでしょう」

母親は答えないままドアに手をかける。出て行かれたら終わりだ。どうにか放してくれるように訴えて、考えを変えさせないといけない。

「俺は何も言わないし、うちの所長だって依頼人さんの抱えている事情が分かれば、警察に訴えたりもしないと思います。その、俺は元々は施設で引きこもりの当事者さんの身の回りの世話をするのが仕事で、皆さんの大変さとか、分かってるつもりです」

途中から涙声になっていた。本当のことを話していたからだ。

「実は俺も、仕事辞めて何もしてなかった時期があって。このままどこまで落ちるんだろうって、不安でいっぱいなのに、動けなくて。だから息子さんの気持ち、理解できます。俺は別に大した人間じゃないし、掃除くらいしかまともにできないけど、みんながあの状態を抜け出す手伝いがしたいんです。本当に底まで落ちたら、取り返しがつかないって、知ってるから」

話しながら、焦げたような臭いと痛みを鼻の奥に感じた。大丈夫、錯覚だと自分に言い聞かせる。あれはもう過去のことだ。終わったんだ——。

ドアが閉じる無情な音で我に返った。廊下をみしみし言わせながら、足音が遠ざかっていく。自分でもなんであんなことをしゃべったのか、分からなかった。母親を説得するチャンスを、ふいにしてしまったのだ。

母親が去ったあとも気持ちが昂《たか》ぶり、涙が止まらなかった。もう二度と踏み外さない。落ちたりはしないと心に決めて努力してきたのに、どうしてこんな目に遭っているのか。這《は》い上がれたと思った場所は、実はまだ崖の下だったのか。

首を捻《ひね》り、濡れた頰をワイシャツの腕に擦りつけて拭った。目の周りの薄い皮膚がひりひりと痛んだ。深呼吸を繰り返し、どうにか平静を取り戻す。

あの母親がどういう決断をして出て行ったのか、はっきりとは分からない。だが、すぐに殺されることはなさそうだし、それまでに助けが来る可能性が高い。

あと何時間もこの状態ということはないだろう。三浦は今日は相模原の別の寮へ出向いているはずだ。渋滞がなければ横浜まで一時間も掛からずに着く。俺はしばらく意識を失っていたのだから、すでに着いているかもしれない。

車の音が聞こえないかと耳を澄ました。しかし人の話し声のようなものが聞こえるだけで、それは家の中からしているようだ。もしかしたら三浦がすでにこの家を訪ねてきて、あの母親と話をしているのではないか。それでさっき俺が暴れた時に、黙らせに来たのかもしれない。

もう一度大声を出して暴れるべきだろうか。迷いながら足元に視線をさまよわせた時、何か白いものが目に入った。

どうして今まで気づかなかったのか。俺は白いパンツなんか買ったことがない。下半身を脱がされていただけじゃなかった。下着を取り替えられていたのだ。

意識を失っている間に、自分の身に何が起きたのか。再び恐怖が込み上げてくる。そして自分の下腹部を見つめるうち、何か感触がおかしいと気づいた。サイズがぶかぶかで、変に膨らんでいて、腰の辺りのゴムの幅が広い。そして股の辺りが蒸れたような感じがする。これは下着じゃない。

成人用の紙おむつを穿《は》かされているのだと理解し、俺は叫び出しそうになった。必死に歯を食いしばる。うめき声が漏れた。いつからだ？　俺はいつからここに繋《つな》がれている？

もう一度、さっきの話し声を聞こうと首を回した。声は俺の左の方から聞こえている。三浦の声だろうか。いや、もっと高いように聞こえる。声はさっきより大きくなった。

「――ぬいさん」

はっきりと聞き取れた。俺の名前を呼んでいる。壁の向こうから。

そしてこの声は。

「戌亥さん。いるんすか？　野崎です。なんか、ババアにここに閉じ込められて――あいつちょっ

かった。

と、まじでやばい。助けてください！」

野崎の泣き叫ぶ声を聞きながら、俺は血の味がするほど強く下唇を噛んだ。痛みで正気を保ちたかった。

三

俺のうちは周りより、ほんのちょっと貧乏だった。食べるものや着るものに困るというほどじゃない。ほんのちょっとだ。

友達が携帯ゲーム機で遊んでいる時、兄貴にゲーム機を貸してもらえない俺は協力プレイで敵を倒すのを後ろから覗き込んで見守っていた。強敵を倒して喜び合うみんなに負けないように「よっしゃあ」と大声を出してはしゃいだ。

一番仲の良かった友達は高学年になると進学塾に通い始め、急にテストで百点ばかり取るようになった。元々は俺の方が算数や理科が得意で、テストでもいい点を取っていた。俺は自分も塾に入って私立中に行きたいと親に訴えた。

「中学受験なんて駄目に決まってるじゃない。お兄ちゃんだって公立でしょう。兄弟で差をつけるわけにいかないの」

兄貴が勉強嫌いなせいで私立に行けないのだと当時は恨んだものだが、そもそもうちには何万円もの月謝を払って塾に通わせ、六年間の中高一貫の私立の授業料を払う余裕はなかった。

国公立で、なおかつ奨学金を申請するなら大学に行ってもいいと言われ、受験勉強を必死に頑張った。予備校や講習の費用は出してもらえなかったが、通信教育の一番安いのを受講させてくれた。予備校に行っている同級生は毎月のように模試を受け、冬休みには合宿までしていた。山梨の合宿所に集められて朝から晩まで勉強させられると愚痴をこぼす彼らに、俺は差をつけられまいと一日十五時間以上勉強した。

無事に志望した理工学部に合格したが、ほんのちょっと裕福な友達と同じように学生生活を送るには努力が必要だった。実家からバスと電車で一時間半かけて通学しながら講義に出てレポートを提出し、空いている時間にアルバイトをした。毎月の定期代と講義ごとの資料やテキスト代。父親が転職したために三年生からは授業料を半分しか出せないと言われ、その分も稼がなくてはいけなかった。当然、サークル活動なんかする暇はなかった。

奨学金をきちんと返していけるようにと、就職活動ではなるべく手堅い会社を探した。内定をもらえたのは皮肉にも、俺が高校時代に行かせてもらえなかった予備校を運営している会社だった。

働き始めて驚いたのは、勤務時間が会社説明会で聞かされていたよりも四時間は長く、受け持たなければいけない業務が教室での講義の他にいくつもあったことだ。

出社は昼からだが、長いばかりの会議や保護者との面談、クレーム処理などで帰りは電車がなくなる時間まで残業することが多く、すぐに会社の近くにアパートを借りることになった。新規の受講生を増やすための営業も正社員の仕事だった。化学と物理と数学の講義の合間を縫ってチラシを配りに行き、見込み客と言われる受験生の保護者に電話をかける。話を聞いてもらえることはほとんどない。どうせ名乗っただけで切られると諦めながら呼び出し音を聞いていると、大学を出てまで意味のない仕事をさせられている自分が心底嫌になった。そのうちに何も感じなくなったが、それは慣れたのではなく、心が擦り減っていったのだと思う。あの頃、俺の睡眠時間は受験生時代よりもずっと短かった。

センター試験が終わり、追い詰められた出来の悪い生徒の保護者からの支離滅裂なクレームが何件も続いたある日、会社に行こうと布団を出ようとしたところまでは覚えているが、気づくと駅のホームに仰向けに倒れていた。駅員が二人掛かりで俺を押さえつけていて、飛び込もうとしているように見えたとあとになって説明された。

どうにか教え子たちを二次試験に送り出したところで上司に体調の不安を訴えると、まずは病院に行くようにと意外にも親身にアドバイスしてくれた。病院で診断を受け、しばらく仕事を休むことになった。日常生活を送ることもつらく、実家に帰りたかったが、その頃には兄貴が結婚して同居していた。家からほとんど出られない日が続き、ようやく会社に連絡をするとあの親切な上司は退職していた。代わりに赴任してきた課長は君の籍があるために新しい人を雇えない、自己都合で退職ということにしてくれないかと告げた。俺は酷く申しわけない気持ちになって、そのとおりにした。そして翌月から金に困ることになった。

働いていない人間に金を貸してくれるのは特殊な金融会社なのだということを、当時の俺は知らなかった。自己都合の退職にしたために雇用保険がなかなかもらえず、生活費として最初に三万円を借りた。無事に期日までに返すことができたが、翌月にはまた生活費が足りなくなり、今度は五万円を借りた。

そんなことを数回繰り返すうちに、なぜだか借金の総額が六十万円になっていた。振り込まれた雇用保険を全額回しても、その月の返済が間に合わない。金融会社にその旨を伝えると親に借りろと怒鳴られた。母親に頼みこんで十万円を借りることができたが、その翌月にはまた同じ状況になった。

返済期日を二日過ぎて、俺はスマートフォンの電源を切ってアパートにこもっていた。朝から何も食べることができず、布団にくるまって音を消したテレビの画面を眺めていた。夕方くらいになって、玄関の方で人の足音が聞こえたかと思うと、ドアがノックされた。

「戌亥さん、いらっしゃいますよね。これからのこと、ご相談させてください」

先月俺を怒鳴りつけた男とは違い、柔らかい物言いだった。アパートまで訪ねてきたのを無視するのは悪いだろうと、俺はドアを開けた。

三十代半ばと見えるグレーのスーツを着た男が、気だるそうに廊下の鉄柵にもたれて立っていた。その傍《かたわ》らにジャージ姿の若い男が控えている。

「ずいぶん顔色が悪いけど、ご飯食べてる？」

「いえ、今日はまだ何も」

「じゃあちょうどいいかな――おい」

スーツの男がジャージの若い男に目で合図すると、ジャージの男が前へ出て俺の穿いていたスウエットの腰の辺りを摑み、車に乗れと言った。

そこからのことは、脳が思い出すことを拒否するのか、記憶が断片的だ。黒いバンに乗せられ、ガレージのような場所で降ろされた。そこに敷かれたブルーシートの上に正座するように言われた。

「漏らす奴が多いから、腹ん中が空っぽの方がいいんだ」

スーツの男の言葉を、意味が分からないまま聞いていた。ジャージの男が車から、カセットコンロのボンベを一つ持ってきた。それにスーツの男が、金属の筒のようなものを水平に取りつけた。カチッという音がして、筒の先から青とオレンジの炎が噴き出した。ジャージの男が、背後から俺の頭を抱え込むようにして押さえた。

「頭、動かすなよ。暴れると変なとこまで焼いちまうからな」

マイナスドライバーの先端を炎で炙《あぶ》りながらスーツの男が言った。あの日から俺は右の鼻だけなんの匂いも嗅げなくなった。

*

「落ち着け、野崎。まずそっちの状況を教えてくれ」

頭の奥から虫のように這い上がってくる記憶の残片を振り払い、壁の向こうで喚いている野崎に呼びかける。

「あんまり騒ぐと、また薬飲まされるぞ」

やっと黙った野崎にもう一度、どんな状況かと尋ねた。周囲を確認しているのか、答えが返ってくるまで少し間があった。

「子供部屋みたいな部屋の、クローゼットの中のパイプに繋がれてるんです。ロープで手を後ろに縛られて。クローゼットの壁から、戌亥さんの声がしてて」

頭の中で位置関係を把握する。野崎は俺がいる部屋の側《がわ》の壁に面したクローゼットの中にいるようだ。

「そこにいるのはお前だけか？　クローゼットの外の様子は分かるか？」

「ババアはさっき出て行って、誰もいません。この部屋、おかしいっすよ。なんか子供のおもちゃとか、ランドセルとか、教科書とか体操服とか、クローゼットに入り切らないものがみっしり床の上に積み重なってて扉閉まんなくて――クッキーとかせんべいの空き袋とか、短くなった鉛筆とか、明らかにゴミだろってものまで置いてあるんです」

野崎の言葉から部屋の様子を想像し、寒気を覚えた。

「俺もベッドに縛りつけられてて、今は動けそうにない。でも三浦さんが来てくれるから、そんなに心配すんなよ、野崎。連絡してくれたんだろ？」

こんな時だが、俺は一応先輩らしく励まそうとした。だが野崎は黙ったまま返事をしない。そして少しして、「すいません」と小さな声で言った。

「そのメッセージ、読んでなくて」

「嘘《うそ》つくな。既読になっただろ！」

反射的に大声を出したあと、慌てて外の気配を窺《うかが》った。母親が戻ってくる様子がないのを確かめて、もう一度尋ねる。

「三浦さんには、連絡してないのか」

「メッセージ、来たのは見たんだけど、ちゃんと読んでなくて、すいません。戌亥さんがなかなか戻ってこないから様子見に来たら、戌亥さんは息子と話してるからお茶飲んで待ってるようにって言われて。そっから記憶なくて」

大きく息を吐き、どうにか気持ちを落ち着けた。野崎を責めても仕方がない。それに希望がなくなったわけじゃない。俺たちが帰らず、連絡もつかないとなれば、三浦はいずれこの家に辿《たど》り着くはずだ。

「怒鳴って悪かった。それでも俺たちがこの家に来てるのは知ってるんだから、必ず三浦さんは来てくれる。野崎、閉じ込められてからどれくらい時間が経ったか分かるか？」

「多分、半日くらいだと思います。こっちの窓、ちょっとだけ隙間が開いてて、夕方っぽいんで」

「じゃあそろそろ、帰りが遅いって騒ぎになってる頃だよな。とにかく助けが来るまで大人しくしてようぜ」

ええ、と弱々しいながらも声が返ってきた。黒い天井を見上げ、あとどれだけこの状況が続くのかと考える。三浦はまず、依頼人である父親に連絡を取るだろう。もしかしたら父親が仕事から帰って異常事態に気づくのが先かもしれない。とにかく、今夜中には方がつく。大丈夫だ。

そう自分に言い聞かせていた時、壁の向こうで遠慮がちに呼びかける野崎の声がした。どうした、と返す。

「戊亥さん、この家の玄関とかリビングとか見て、どう思いました？」

野崎に問われ、あの妙に殺風景だった空間を思い返す。

「やけに片づいてるなと思ったけど。逆に玄関の外は散らかってるって言うか、ものが捨てられないって感じだったよな。それこそゴミみたいなもんまで置いてあって」

「この部屋も、そんなふうに捨てられないものがあふれてる感じで、でも片づいてる場所は徹底的に片づいてて――実は同じような家に住んでた知り合いがいるんです」

野崎の口調はいつになく深刻だった。どういう知り合いだと先を促す。

「地元の先輩で、クスリにハマって、自分でも売ったりしたんで捕まって。二年くらいムショ入って出てきたら、その先輩の部屋、異様に片づいてるんですよ。なんかムショで整理整頓とか叩《たた》き込まれるらしくて。でもなんでか台所はぐちゃぐちゃで、電子レンジの上に平気で洋服とか積み重ねてるんです。聞いたら、ものがたくさんあると、どこに片づけたらいいか分からなくなるって言ってました」

聞きながら、手のひらにじっとりと汗をかいていた。野崎が見聞きしただけのことだから、どれくらい一般化できる話かは分からない。だがあの母親から感じる違和感や、何をされるか分からない圧迫感の正体がそれだとしたら――。

胸の中で膨らんでいく不安に、俺は何も言えず暗闇を見つめていた。その時、ドアの外で、ぎい、と床の軋む音が聞こえた。その音は徐々に近づいてきて、俺がいる部屋の前で止まった。

細く開いたドアから光が差し込んでくる。ずんぐりした体にエプロンをつけた母親が顔を覗かせた。野崎は気づいているだろうか。さっきから押し黙っているところを見ると、おそらく俺よりも先に母親が来たことを察知していたのだろう。

母親は無言のままこちらへ歩み寄ると、頭の横に立ち、思い詰めたような表情でじっと俺の顔を見下ろした。そしてやがて口を開いた。

「最初はね、どうにかあんたを黙らせなきゃって思ってこんなことをしたの。でもあんた、うちの息子のために手助けがしたいって言ったよね」

覚悟が決まったというような、揺るぎのない目が俺を見つめていた。気圧されながらもうなずく。

じゃあ、頼みがあるんだけど、と母親は切り出した。

「赤ちゃんが欲しいのよ。息子のために」

四

あまりに場違いな言葉に、思考が止まったまま丸い顔を見上げていた。

「言ってる意味、分かる?」

俺は首を振った。分かるはずがない。母親はため息をつくと、俺の頭の横に腰掛けた。大きな尻がすぐ横に迫り、思わず顔を背けた。

「恭介は良い子だし、きちんと働いてる。部屋から出ないのはおかしいって言われるけど、なんの問題もない子なの。でも一つだけ心配なことがあるとすれば、いずれ歳を取った時のこと。今は私が恭介の世話をしてるけど、ずっとこうしていられるわけじゃない。私の方が先に死んじゃうもの。その時に、恭介のお世話をしてくれる子供を作っておきたいのよ。恭介も小さい頃、弟か妹が欲しいって言ってたし」

母親は熱に浮かされたように早口で言い募った。どうにか聞き取ることはできたが、理解が追いつかなかった。どうしてそこで《赤ちゃんが欲しい》という結論になるのか。

改めて母親が話したことを思い起こし、言葉の意味を咀嚼《そしやく》する。息子の将来が心配だから、自分が死んだあとに世話をする人がいてほしい。そこまでは分かる。だが——。

「それって息子さんの結婚相手が見つかれば済む話じゃないですか？　弟か妹って——養子をもらうよりも、息子さんが結婚して子供ができた方が自然ですよ」

何か自分の方が勘違いをしているのだろうかと、心許《こころもと》ない気持ちになりながら、俺は当然の問いを発した。その瞬間、髪の毛を摑まれ、頭を引き起こされた。

「そんなこと、恭介にさせられるわけないじゃない」

母親は怒りに燃える目で俺を見据え、叩きつけるように言った。あの胸の悪くなるような口臭が強く臭った。

「恭介に、女の人とそういうことをしろって言うの？　あの子は本当に繊細な子なの。中学生の頃に同級生の女子から酷いいじめに遭って、そのせいで学校に行けなくなっちゃったんだから。それからは女の人に触れたこともないのよ。そんな恭介に結婚しろだなんて、よくも言ったわね！」

急《せ》くような口調で捲《まく》し立てる。髪の毛を摑む手に力がこもり、思わず声が漏れた。母親ははっとした顔で手を放し、それからかさついた指先で俺の頬に触れた。

「息子を助けてくれるんでしょう。赤ちゃん、きっとできると思うの。あんたと、隣の部屋にいるもう一人に協力してもらえば」

全身から、力がすとんと抜けた。あのガレージで苦痛に泣き叫んだ時と同じだった。受け止め切れない容量を注がれ続けると回路が遮断され、何も思わず、何も感じなくなる。これが絶望というものなのかもしれない。

人間らしさの感じ取れない、黒い小さな目を見上げる。いくらかでも話が通じると思っていたのは間違いだった。この母親は、本当にまともじゃない。そういう人間に、俺は囚《とら》われたのだ。

「あとから来た野崎って子、あんたが余計なことを話したらいけないと思って部屋を別にしたんだけど、あの子も知ってたのなら必要なかったんじゃない」

ぶつぶつと文句を言いながら、母親が不意に俺の右腕を摑んだ。そしてもう片方の手の指で感触を確かめるように肘の内側をなぞる。何をするつもりかと尋ねると、うるさそうに睨《にら》んだ。

「ロープを解いたら、あんたはきっと暴れるでしょう。さすがに男の人の力には敵わないもの」

言いながら母親は、エプロンのポケットに手を差し入れた。そこから取り出されたものを見て、一度は途切れた恐怖の感情が湧き上がってくる。

「動かないで。変なところに刺さったり、血管に空気が入って困るのはあんただからね」

その言葉で暗示にかけられたように、俺は視線を外すことすらできず、ぴたりと動きを止めたまま自分の腕に刺さる細い注射針を見つめていた。透明な液体が押し込まれていき、眠りにつく直前みたいに思考が断片的になったところで、意識が途絶えた。

切羽詰まった声が俺の名前を呼んでいた。こんなことが前にもあったと思いながら、苦労して目を開けた。毛羽立ったカーペットの上に、黒いランドセルとビスケットの空き箱が転がっているのが見えた。首と肩、そして背中がやけに痛かった。

「戌亥さん！　起きてってば」

悲痛な声に、そちらに顔を向ける。俺から二メートルほど離れた床の上に、野崎が膝をついていた。スーツ姿のまま、両手を縛られているらしく腕を後ろに回している。野崎の背中側から伸びたロープは、扉の開いたクローゼットのパイプに結わえつけられていた。

起き上がろうとするが、両手の自由が利かない。足も動かせなかった。首を回し、自分がどんな状態にあるか確かめる。どうやら後ろ手に縛られて床に転がされているようだ。膝から足首にかけても粘着テープのようなものが巻かれていたが、幸いにも脱がされたスラックスは元どおり穿かされており、野崎に紙おむつ姿を晒《さら》すのは避けられた。

「あれから、どれくらい経った？」

俺が問いかけると、意識が戻ったことにほっとした様子で野崎は床に尻を落とした。

「ババアの足音が聞こえたあと、しばらくして戌亥さんが縛られた状態で、ババアに足持たれて引きずられてきたんです。呼びかけても全然起きてくんなくて、多分一時間くらいそのままでした」

ということは、注射をされてから二時間も経っていないのかもしれない。辺りは暗く静かで、すでに日は暮れているようだ。

「ババアに何されたんすか？　隣でなんかしゃべってる声がしてたけど、よく聞こえなくて」

例の聞き取りづらい早口のおかげで、野崎は母親と俺のやり取りを把握していないようだ。なんとなく、今はまだ言わないままにしておいた方がいいような気がした。

「注射を打たれたんだ。多分、麻酔かなんかの。それで目が覚めたらここにいた」

「まじっすか。なんでそんなもん持ってんだろう。ていうかあのババア、こんなとこ閉じ込めて何させようとしてんすかね」

床の上に座り込んだまま、途方に暮れたように野崎は天井を見上げた。さあな、と返して周囲を見回す。先ほど野崎から聞かされたように、体操服や男児のものと思われる衣類、小学校で使ったと思しき防災頭巾、空っぽの虫かご、小さなプラスチック製の水槽、スナック菓子やチョコレート菓子やせんべいの空き袋といったものが地層のように積み重なっている。壁際に置かれたカラーボックスには教科書や絵本や図鑑がごちゃ混ぜに詰まっていた。部屋の隅に見えるドアは、おそらく施錠されているだろう。俺はその部屋の中央の少しだけ開いたスペースに転がされていた。

「今、何時くらいかな。もう夜ですよね」

不安げな声に、一つだけある窓の方へと目をやった。野崎が言ったとおり雨戸に隙間があるらしく、月明かりか、あるいは街灯の光がほの白くカーテンの内側を照らしていた。

あの母親の恐ろしい目的は聞かされたものの、考えてみれば状況がそこまで変わったわけではない。遅くとも今夜のうちには三浦が助けに来てくれるはずなのだ。

両手両足を広げてベッドに縛りつけられていた時よりも体は楽だったし、先ほどは声しか聞こえなかった野崎とも、こうして顔を合わせることができた。こんな奴でも、やはり誰かと一緒にいられるのは心強い。

「静かですよね、この家。戌亥さんはババアの足音以外に、なんか物音とか声とか聞きました？」

周囲の様子を探るように目を動かしながら野崎が尋ねる。それほど寒くはないのに、背中を丸くして身を縮めていた。

「いや、特に聞いた覚えはないな。俺はお前より、意識のない時間も長かったし」

耳を澄ましてみるが、話し声もテレビの音も人の足音も、何も聞こえてこない。父親が帰ってきた気配はなかった。

「この家、ババアの他に人いるんですかね」

「恭介とかいう息子がいるだろ。あの母親が言うには、部屋から出られないだけできちんと仕事をしてるんだってよ」

「あ、ああ——そうですよね」

父親との面談に立ち会い、この家の事情に詳しいのは野崎の方のはずだ。なぜそんなことを言い出したのかと首を傾げていると、野崎は強張った顔で口を開いた。

「でも、本当になんの音もしないんすよ。人が生活してて、こんな静かなの、変じゃないですか？その息子、ちゃんと存在してるんですかね。実はもう——」

「おい、しっかりしろよ」

俺の大声に野崎はびくりと肩を震わせた。

「こんな状況だから、色々考えて不安になるのは仕方ないよな。でも俺たちには三浦さんがついてる。あの人は部下がトラブルに巻き込まれたら、絶対にちゃんと助けてくれる。きっともう相模原を出て、この梶原って依頼人の家に向かってるって」

励まそうとした俺の言葉に、野崎が小さく首を振った。ボサボサの髪が顔にかかって、表情がよく見えない。うつむいた野崎の膝の上に、ぽたりと雫《しずく》が落ちた。

「すいません。この家、違うんです」

野崎が何を言い出したのか、まったく分からなかった。俺は無言のまま、野崎が落とした涙の跡を見つめた。

「面談に来た依頼人、《スヽギヽハヽラヽ》って名前でした。昔から漢字苦手で、ここの表札見て「木」の字がついてるし「原」も合ってるし、間違いないって思っちゃって――この近くに他にそんな家なかったから、ナビに入れた電話番号が、違ってたのかも。数字も、あんま得意じゃなくて」

唇を震わせながら、途切れ途切れに野崎はそう打ち明けた。つまりそれは、どういうことだろう。頭の底が抜けて中身が空っぽになったみたいに、ものを考えることができなかった。野崎が発した言葉のピースを拾い集め、意味を掴もうとする。

「――じゃあここは、三浦さんが依頼を受けたのと全然関係ない、別の家だってことか」

野崎はこくりとうなずいた。だから俺のメッセージを見ても、三浦さんに連絡しなかったのだ。自分の失敗がばれる前にどうにかしようと、俺を呼び戻しに来て、それで――。

馬鹿みたいに口を開けたまま、それ以上、何も言えなかった。

野崎は申しわけなさそうに顔を伏せて、すいません、とつぶやいた。俺は不自由ながらも無言で体の向きを変え、野崎に背を向けた。

今夜のうちに助けが来るという望みは絶たれた。俺たち二人がこの家で、頭のおかしい母親に監禁されていることを知る人は、誰もいない。そして母親から告げられたおぞましい《願い》——。

唐突に吐き気がこみ上げ、嘔吐《えず》いた。吐けば窒息するかもしれないと、必死にこらえる。涙ぐみ、酸っぱい唾液を飲み下した。大丈夫ですか、という野崎の心配そうな声を背中に受けながら、腹の底で俺は決意した。

こうなった責任は、野崎に取らせる。こいつに泣いてもらう。

五

まともに煙を吸い込み、激しく咳《せ》き込んだ。背中にどんと強い衝撃を感じながらも、両足を踏ん張り、全力でドアが開かないように押さえた。

「開けなさい！　ねえ、開けて！　開けろ！」

母親のドスのきいた声がドア越しに響く。俺はそれに負けないように怒鳴り返した。

「ロープを切るものを渡すのが先だ。あと俺たちのスマホも持ってこい」

教科書や絵本の詰まったカラーボックスを内開きのドアと壁の角の場所へ移動させ、数センチの隙間しか開かないようにしてあった。

「野崎、近くにもっと燃えそうなもんないか？」

「いや、これで充分ですって！　めっちゃ煙出てるし、こっちも死んじゃいますよ」

お前は死ぬ気でやれ、と心の隅で思ったが、確かに身の安全は大事だった。俺は母親に聞こえるように声を張って呼びかけた。

「迷ってると取り返しのつかないことになるぞ。今ならまだ水をかければ消える。梶原さんちから煙が出てるって、ご近所さんに通報されてもいいのか？　この家に他人に入られるのは困るだろ？」

ドアを叩く音が止《や》んだ。説得できたのだろうか。カラーボックスに背中を押しつけたまま返事を待つ。野崎は煙を吸わないように顔の下半分を《梶原》のゼッケンのついた体操服にうずめ、涙目でこちらを見ていた。

ほどなく、ごとん、という音とともに、床に何かが落ちた振動を感じた。ドアの隙間から投げ入れられたのは、黒い持ち手のついた大きな裁ち鋏《たちばさみ》だった。続けて二台のスマートフォンが放り込まれる。ちょうどカーペットの上に落ちたので壊れずに済んだだろう。

「あんたたち、早く火を消しなさい。恭介に何かあったら、承知しないからね！」

ドアの外から押し殺した声が急かす。その隙間から斧《おの》や鉈《なた》が振り下ろされるのではないかと警戒しながら、素早い動きで足を使い、裁ち鋏を手繰り寄せた。

体を捻り、肩でカラーボックスを押さえたまま後ろ手で鋏を拾う。刃を広げ、ロープに擦りつけた。同時に両腕を離すよう力を込める。やがてぶつっという感触とともに両手が自由になった。すかさず鋏を持ち直し、膝から足首にかけての粘着テープを切り離す。

「戌亥さん、早くこっちもお願いします」

「いや、電話が先だ」

野崎の懇願を無視して自由になった腕を伸ばし、カラーボックスから体が離れないようにしてスマートフォンを拾う。隙を見せてあの母親が乱入してきたら、何をされるか分からない。

思ったとおり、位置を把握されないためにスマートフォンの電源は切られていた。頭がおかしい奴ほど頭が回るらしい。電源ボタンを長押しして、起動するのを待つ。煙が目にしみて、液晶がよく見えない。ようやくホーム画面らしきものが表示されたところで通話ボタンをタップする。

「おう、今どこだ。無事か？」

緊迫した三浦の声に、力が抜けそうになりながら答える。

「二人とも無事です。ＧＰＳの座標送るんで、急行してもらっていいですか？　梶原って家です」

それだけ言うと通話を切り、地図アプリを起動して三浦のメッセージアカウントと共有した。それから裁ち鋏を手にすると、もう一仕事するために立ち上がった。

＊

「戌亥に感謝しろよ。こいつと一緒じゃなかったら、お前終わってたぜ」

半日の監禁生活から助け出された二日後。

俺は三浦に、中華街にある五階建ての立派なレストランで、北京《ペキン》ダックやでかい海老《えび》のチリソース煮、蟹《かに》チャーハンといった豪華な飯を、たらふくご馳走《ちそう》になっていた。

「戊亥さんはホント、恩人っす。まじ感謝してるんで」

隣に座る野崎は、そう言って軽く頭を下げるとパリッといい音をさせて春巻きに齧《かじ》りついた。いまいち感謝されている気がしない。あの時、すぐにロープを切ってやらずにもう少し煙を吸わせておけば——などと黒い考えが浮かんだが、小籠包《しょうろんぽう》の熱くて美味いスープを啜《すす》ったら、まあ大した怪我もなかったし別にいいかと思えてきた。

「しかし監禁されてたのは子供部屋で、子供のものしかなかったんだろ？　よく火なんか起こせたな」

「前に仕事で高校生に化学を教えてて、覚えてたんです。あのせんべいとか湿気《しけ》ないように入ってる乾燥剤、生石灰《せいせっかい》を使ってるものがあって、水と反応させると高熱になるんですよ」

それだけで発火するわけではないが、そばに可燃物があったために火事になった事例があるということも知識として知っていた。

「戊亥さんが急に『今から泣け』って真面目な顔で命令してきたんで、この人、何言ってんだろうって思いましたよ」

その時のことを思い出したのか、野崎がげんなりした表情になる。野崎の涙を溜《た》めたプラスチックの水槽に乾燥剤を加えて反応を起こし、防災頭巾の中の綿を近づけたのだ。水の量は水槽を傾けた状態で一センチもあれば良かったが、あの作業をお互いが後ろ手に縛られた状態で行うのは大変だった。何度もバランスを崩した野崎にのし掛かられたり、頭をぶつけられたりした。

「野崎が頑張って嘘泣きしてくれたおかげで、助かったわけだな」

三浦はそう言って笑うと店員を呼び、紹興酒のお代わりを注文した。野崎が褒められるのは面白くないが、実際、あの方法が成功したのはこれまで数々のしくじりを《ちょっと泣いて》許してもらってきた野崎の涙のおかげだった。火が熾《お》こるというほどではなかったが、あれだけ煙が出れば母親を騙《だま》すには充分だった。

「けど、なんで警察に通報しなかったんすか」

ビールのグラスに口をつけながら、少し顔を赤くした野崎が尋ねる。三浦は俺と目を合わせると、ちょっと気まずそうな顔になった。

「そりゃあ、こっちだって放火しようとしたわけだからな。正当防衛として扱ってもらえるか、分かんねえだろ。戌亥がパクられる可能性があんのに、警察なんか呼べるかよ」

加えて、自分の事業についてあれこれ探られたらややこしいことになる、という理由もあったのだろうと思う。

野崎のロープを切り、火を消したあと、二十分ほどで三浦が乗り込んできた。俺が電話をした時、三浦はすでに部下を連れて横浜まで来ていたらしい。いつまでも帰って来ず、連絡も取れない俺たちの行方《ゆくえ》を探していたのだ。

母親との交渉は三浦に任せたが、お互いここで起きたことは他言しないということで決着をつけたそうだ。だがそれだけでなく、三浦はおそらく俺たちが知ったことになっている——あの監禁の動機となった《梶原家の秘密》を盾に、母親から口止め料と賠償金を引き出したのではないかと思う。理由は、今日の飯が豪華すぎるからだ。

「三浦さん、別注文でフカヒレスープ、頼んでいいすか」

メニューを眺めていた野崎が、遠慮なく高いものをねだる。

「前に中華街に連れて来た時もそれ、頼んでたよな。高級料理だぞ。野崎のくせに、味なんか分かんのかよ」

「いや、正直ゴムみたいだなって思ったけど、コラーゲンっすよ。コラーゲン」

顔をしかめる三浦に、野崎はへらへらと笑って返した。

「お前も一応、肌つやなんか気にすんだな。いつも髪とかボサボサのくせに」

俺も三浦に便乗して野崎を茶化す。

「野崎さんは自然にしてても美人だねって、みんな褒めてくれますよ。まあ、うちの寮の人たちだけっすけどね」

頬を膨らませた野崎が、癖っ毛の長い髪を掻《か》き上げる。いつもはしない化粧をしているせいか、野崎はほんのちょっとだけ、確かに美人に見えた。

第四話　シーザーと殺意

一

ドアをノックする。重苦しい気持ちで、でも声だけは明るさを保ち、名前を呼んだ。か細い返事が聞こえ、またかとため息をつく。

「おはよう、千春《ちはる》。今朝は具合どう？」

ドアを開けた瞬間、うっすらと汗じみた臭いを感じ、顔をしかめた。もう十日近く千春の布団を干せていない。毎日お風呂には入っていても、さすがに不衛生だろう。今日はどうにかしてベッドから出てもらおうと決める。

「お腹《なか》痛いとか、吐き気とか、大丈夫？」

返事がよく聞き取れず、近づいてもう一度尋ねる。頭まで被《かぶ》った布団の中から「うーん」と、いかにもしんどそうなうめき声が発せられた。わざとらしい。そう思ってしまってから、本当に具合が悪いのかもしれないのだと反省する。

「つらいなら、今日も休もうか。無理しなくていいよ」

少しして、うん、と小さな応答があった。

「熱がないか、おでこだけ触らせてね」

そう言って掛け布団を少しめくった。枕に押しつけられた千春の頭が覗《のぞ》く。肩まで伸ばした髪が顔にかかり、表情は分からない。手を差し入れると、つるりとした額は温かいが熱くはなかった。

「平熱みたいだし、病院は行かなくて大丈夫そうだね。じゃあ、学校には電話しておくから、まだ寝てて」

穏やかに告げて部屋を出る。ドアを閉めると張り詰めていた気持ちが緩み、同時に酷《ひど》い疲れを覚えた。

今日は学校に行けるのか。繰り返されるこのやり取りに、毎朝緊張を強いられている。遠距離通勤のため、七時前に家を出て行ってしまう夫のことが恨めしかった。

一階のリビングに降りると、ダイニングテーブルの上に準備していたお弁当を冷蔵庫に入れた。お昼に食べる時はサラダやミニトマトだけ除いてレンジで温めるようにと初日に教え、以来そのとおりにしているようだ。九月の中旬を過ぎても日中は気温が高いので、傷まないように気をつかっている。

キッチンカウンターの上の電話の子機を手に取り、登録してある中学校の番号にかける。「二年二組の城戸《きど》千春の母ですが」と名乗ると、いつも応対してくれる女性の教頭が「千春さん、お加減どうですか」と物柔らかに尋ねた。

「ちょっと今日も体調が悪いみたいで、お休みさせていただきます」

「分かりました。担任の濱内《はまうち》にも伝えておきますので、どうぞお大事になさってくださいね」

ついこの間、その濱内先生が慌てた声で電話してきた日のことを思い出す。教師になってまだ二年目で、あんな経験は初めてだったのだろう。地味なブラウスとスカート姿で心細げに職員用玄関で待っていた様子は、まるで就職活動中の女子学生のように見えた。

そのまま電話を切ろうとすると、「あの――」と呼びかけられる。

「千春さんのお怪我《けが》の方は、もう大丈夫なんですよね？」

確かめるような言い方に、少しだけ苛立《いらだ》った。

「ただの打撲傷ですから。それに、本人の不注意ですので」

学校の責任を問うつもりはないと暗に告げると、教頭は「いえいえ、大きな怪我でなくて何よりでした」と、あからさまにほっとした口調で言った。

「それでは、千春さんに元気になるのをみんな待ってるからって、お伝えくださいね」

ええ、ありがとうございます、といつもの受け答えをして電話を切った。

子機を戻すと、急いで自分の支度をする。トーストとコーヒーで朝食を済ませると手早く化粧をして、脱水の終わった洗濯物を持って二階へと上がった。

夫婦の寝室からベランダに出て、物干し竿《ざお》のハンガーに吊《つる》していく。制服のブラウスや体操服がないので短い時間で干し終えることができた。太陽は薄い雲に隠されているが、今の時間にこれだけ暖かければ充分に乾くだろう。西の方角には澄んだ青空が広がっていて、雨の心配もなさそうだった。

隣の千春の部屋の気配を窺《うかが》うが、しんとしていて、まだ起き出す様子はない。再びリビングに降りると、テーブルの上に千春の朝食の食パンとバナナと茹《ゆ》で卵を並べた。冷蔵庫のハムやヨーグルトも好きに食べるように言ってある。

日焼け防止のための薄手のパーカーを羽織ると、二階に向かって「行ってくるね」と声をかけて玄関を出た。

狭いガレージの奥に置いてある自転車を、車に擦《こす》らないよう注意して外に出す。三人家族だし週末しか乗らないのだから軽自動車で充分だと言ったのだが、夫の希望で一昨年、五人乗りの中古のミニバンに買い替えた。

「これなら田舎の両親が訪ねてきても大丈夫だし、中学に上がったら部活の試合の遠征なんかで保護者が車を出すこともあるだろう」

夫の目論見《もくろみ》は外れ、山形に住む高齢の夫の両親も、働いている長野の私の両親も今のところ、横浜《よこはま》まで遊びに来たことはない。千春は中学では美術部に入部し、遠征するような機会もなかった。

バッグを前かごに放り込むと、サドルにまたがって漕ぎ出す。この辺りは坂が多いので電動アシスト自転車が欲しいと夫に訴えているのだが、高いとかバッテリーの持ちが悪いなどと欠点を挙げて、なかなかいい顔をしない。確かに気軽に買える値段ではないし、この方が運動にもなるからと我慢して乗っている。

住宅街を抜けてバス通りに出た時、右手の横断歩道を夏服のジャンパースカート姿の二人組がおしゃべりしながら渡ってきた。千春の通う地元の公立中学の制服だ。

妊娠を機に仕事を辞めてからずっと専業主婦をしていたのだが、千春が小学校の高学年に上がってしばらくしてパートを始めた。午前からのシフトにしてあるため、通勤の際にちょうど登校する生徒たちを目にすることになる。千春が学校に通えていた時にはなんともなかった風景が、今は苦しかった。

坂を降りた先の大通りをまっすぐ進み、ガソリンスタンドと中古車販売店の並ぶ交差点を左に折れる。そこから二百メートルほど行ったところの、家から自転車で十五分の距離にあるドラッグストアが私の職場だった。

裏手の従業員口から入ると、おはようございますと声をかけ、バックヤードの一角を仕切った更衣室のカーテンを開ける。

「おはよう、早苗《さなえ》さん。そこのトイレットペーパーの山、見た?」

振り返った同僚の中津志保《なかつしほ》が、エプロンの紐《ひも》を締めながら眉根を寄せる。今日売り出しの一家族二点限りのトイレットペーパーのことだろう。バックヤードに段ボール箱が二十箱近くも積まれてあった。

「でもあれ、全部出すんじゃないでしょう。ゴンドラにあんなに並ぶわけないし」

私と志保は午前九時からの勤務で、開店前から品出しをして、昼の一時に上がるシフトだ。ゴンドラと呼ばれる幅九十センチの棚二列に並べて、売れたらその都度補充するだけならそれほど大仕事ではない。

「店長に聞いたら、店頭に什器《じゅうき》三つ並べて積むんだって。あれ全部、開店前に二人で品出しだよ」

げんなりした顔で言われ、タイムカードの機械の上の時計を見た。勤務開始の十分前にならないとカードは押せないことになっている。開店に間に合うか、ギリギリのところだろう。急いでロッカーに荷物を仕舞い、鍵をかけた。

「朝からそんな肉体労働したら、絶対お腹減って家まで持たないよね。良かったら帰り、お昼一緒に食べて行かない？」

棚から新しいエプロンを出していると、名札を付け終えた志保がそう誘ってきた。そして思い出したように「あ、ごめん」と詫《わ》びる。

「お昼は千春ちゃんと一緒に食べるよね」

志保には学年は違うが千春と同じ中学に通う娘がいて、千春が近頃学校に行けていないということも話してあった。

「ううん。千春は私が家にいると気詰まりだと思うから、外で済ませた方が都合がいいんだ。私もちょうど、志保さんに千春のこと相談したかったの」

私より二歳上の志保はこの街の生まれで地元のことに詳しく、娘たちの通う中学校の卒業生でもある。学習塾や病院の評判を教えてもらったり、育児の悩みを聞いてもらったりと、何かと頼りにしていた。

「了解。いいアドバイスとかできないかもしれないけど、愚痴ならいくらでも聞くからね」

身支度を終えると志保と二人で台車を手に、バックヤードの担当商品の山へと向かう。段ボール一箱の中には、十二ロール入りのトイレットペーパーが八個入っている。それを四箱ずつ台車で運び、二人掛かりで次々と什器に並べていった。奥の方に並べるには背伸びをして腕を伸ばさないと届かないので、背中が痛くなる。小柄な体格の志保は私以上に大変そうで、「明日、間違いなく筋肉痛だわ」と二の腕をさすっていた。

結局、品出しを終えたのは開店の五分前で、お店の前にはチラシ商品のトイレットペーパーが目当てと見えるお客がすでに列を作っていた。それから通常の棚の品出しをして交代でレジに立つと、勤務を終える頃にはヘトヘトになっていた。

午後からのスタッフと店長に挨拶して退勤すると、志保と二人で駅前にある老舗《しにせ》の洋食店へ向かった。

「あそこ美味《おい》しいけど、駅まで行くと、帰りが登りなんだよね」

緩やかな坂を降りながら志保がこぼす。志保も電動アシストではない普通の自転車だ。帰り道で食べた分のカロリーを消費できるかも、などと話しながら店に着いた時にはランチタイムのピークは過ぎていて、私たちの他に二組しかお客がいなかった。私は和風ハンバーグ、志保はデミグラスハンバーグを頼む。朝に軽く食べてから何も胃に入れていないため、グラスの水に口をつけるとにわかに空腹を覚えた。

先に出されたサラダをつついていると、ほどなく上に大葉とたっぷりの大根おろしが盛られた和風ハンバーグが運ばれてくる。今日の品出しのことや、最近新しいエリアが開園したばかりのテーマパークのことなどを話しながら、私も志保もあっという間に平らげてしまった。

「百五十グラムだと少し物足りないけど、ケーキ食べるなら我慢しないとね」

食後のコーヒーと一緒に志保が頼んだキャラメルショコラケーキが運ばれてくる。この洋食店は自家製デザートも美味しく、私は抹茶プリンを頼んでいた。

「ところで千春ちゃん、学校に行けなくなった理由、話してくれた？」

フォークを手に取った志保が、心配そうに切り出した。私はため息とともに首を振る。

「改めて聞いたんだけど、やっぱり理由なんてないって言い張るの。本当にお腹が痛いのに、なんで疑うのって怒っちゃって」

「だけど、お腹が痛いようには見えないんでしょう」

「うん。食欲もあるし元気なの。夫は例の部活中の事故が原因だろうって言うんだけど、実際のところ大した怪我でもなかったし、本人も違うって言ってるし」

何が千春の不登校の原因なのかがいまだに分からず、そのことを相談したかった。志保は思案顔で首を傾《かし》げる。

「でも、事故の直後からだよね。千春ちゃんが学校行かなくなったのって」

千春が部活中に怪我をしたと担任の濱内先生から連絡があったのは、先々週のことだ。美術室で文化祭に展示する絵に色を塗っていたところ、棚に置かれていたデッサン用のシーザーの胸像が、千春のすぐそばに落ちてきたというのだ。

「千春さんに直接当たったわけではないのですが、びっくりして避けた拍子に、椅子ごと倒れてしまったみたいで」

慌てて学校に向かうと、千春は保健室で制服のブラウスを捲《まく》った肘に包帯を巻いて休んでいた。床に転んだ時にぶつけたそうで、痣《あざ》になっているとのことだった。

「別に痛くないんだけど、冷やした方がいいって先生が言うから」

丸椅子に腰掛けた千春はそう言って、決まり悪そうに包帯を撫《な》でた。

その後、現場となった二階の美術室で先生たちから詳しい話を聞くことになった。落下したという胸像は石膏《せっこう》製だった。それなりの重量があるものらしく、もしも直撃していたらとぞっとした。

白い半透明のゴミ袋に入って教室の隅に片づけられた石膏像は、頭の部分が無惨に割れて中の空洞が覗いていた。顔の欠けた無表情のシーザー像が虚《うつ》ろな内面を晒《さら》している様は、ことさら不気味に感じられた。

「落ちるような置き方はしていなかったと思うのですが、僕の安全管理に落ち度があったのかもしれません。本当に申しわけありませんでした」

美術部顧問の長谷部《はせべ》先生は三十代前半の気弱そうな印象の先生で、教え方が丁寧で優しいと生徒たちには人気があった。白のワイシャツに折り目のついたスラックスといういかにも先生らしい格好で、何度も謝りながら事故が起きた時の状況を説明してくれた。

「今日は僕が顧問を兼任している書道部の方に顔を出すことになっていて、部活の始まる時間を少し遅らせていたんです。千春さんは作品を早く仕上げたいからと、開始時間前から一人で作業をしていたそうで——美術室の鍵は職員室で借りてきたとのことでした」

監督が必要な運動部と違い、文化部は顧問がその場にいなくても生徒だけで活動することが認められているらしい。

美術室は普通の教室よりも少し広く、作業しやすいように向かい合って四人でゆったり座れる大型の机が三列ずつ、全部で九台並んでいる。正面に黒板があり、その左の窓側に問題のシーザー像が置かれた棚が据えられていた。壁の右側には時計とカレンダーが掛かっている。カレンダーの横には照明のスイッチと、各教室にあるのと同じ内線電話がついていた。

窓の下には筆などを洗うためと見える手洗い場があり、二つある蛇口の片方には何に使うものか長いホースが取りつけられている。他にも、一度にたくさんの絵を乾かせるような特殊なラックが置かれていたりと、他の教室とは大分造りが違っているようだ。千春は窓側の一番前の机に画用紙を広げ、絵の具で色を塗っていたらしい。

その日は雨が降っていて教室が暗く感じられ、絵に照明が当たるようにと机をずらして座った場所が、ちょうど胸像の置かれた棚の前だった。

木製の棚は黒板と窓の間に設置されていて、高さが百五十センチ、幅九十センチ、奥行き六十センチとかなり大きなものだった。棚と後ろの壁の間には一メートルほどの隙間が空いていて、よく見ると棚の裏側に外開きのドアがある。隣の美術準備室に通じるドアだが、ここから出入りすることはほとんどないらしい。常に施錠されていて、鍵は職員室で管理しているとのことだった。

石膏像は上から二段目の棚板の真ん中辺りにあったそうで、確かにこれだけの奥行きがあれば、通常なら落ちるはずはなかった。

「休み時間などに生徒が触ったりぶつかったりして、位置がずれていたのかもしれません。気づかなくて申しわけありませんでした」

確かに、中学生くらいだと棚の後ろの隙間に入り込んで遊んだりする子もいるかもしれない。長谷部先生は憔悴《しょうすい》した様子で、再び謝罪の言葉を述べた。その場にいた教頭が「安全への配慮が足りず、申しわけありません」と深々と頭を下げると、なんの責任もなさそうな担任の濱内先生も神妙な顔でそれに倣《なら》った。

志保の言うとおり、千春が学校を休み始めたのはあの事故がきっかけだった。

翌日、念のため学校を休ませて整形外科を受診し、レントゲンを撮ってもらって単なる打撲だと分かった。千春も、もう触っても痛くないと平気そうにしていた。

だが次の日になって、いつもどおり朝七時に千春の部屋をノックすると、返事がなかった。もしかして頭を打っていたのではと不安に駆られてドアを開けると、布団から顔を出した千春は「お腹が痛いから今日は休みたい」と弱々しく告げた。休み癖がつくかもしれないと心配だったが、事故のこともあったので無理はさせず、休ませることにした。ところがその翌日も、土日を挟んだ次の月曜日も、千春はお腹が痛いとか体がだるいと訴えては学校に行くことを渋った。

そんな状況が一週間続いた時点で、夫とどうするべきか相談した。千春が学校に行きたがらないのには、何か理由があるはずだ。学校のことで困りごとがあるのかとそれとなく尋ねても、千春は話そうとしなかった。

「千春が話す気になるまで、親はどんと構えて待っていればいいんだよ。無理矢理聞き出したりすると、逆に千春を傷つけることになるだろう。大体、学校に行くのが普通だっていうのも固定観念じゃないのか。子供の成長なんて、それぞれだよ」

夫はどこかで聞き齧《かじ》ってきたような一般論を言うばかりで積極的に動く気はないらしい。仕事が忙しくあまり家にいないこともあり、元々思春期の娘と向き合うことに及び腰だった。

「だけど中二の二学期なんて、そろそろ受験のことを考えないといけない大事な時でしょう。結局、夫はあれこれ言うばかりで、面倒事から逃げてるのよ」

千春のことを相談するつもりが、気づけば夫への不満を漏らしていた。志保は「分かる。うちの旦那もそんな感じ」と大きくうなずき、しばらくお互いの夫の愚痴で盛り上がった。

「――そういえば、少し前に娘から聞いたんだけど、美術部でいじめっぽいことがあったって話、聞いてる？」

ケーキをきれいに食べ終え、半分ほど残ったコーヒーも冷めてきた頃に志保が思い出したように尋ねた。私にはまったくの初耳だった。

志保の娘は一つ上の中学三年生でバドミントン部に所属していた。美術部との接点はないはずだが昨年まで生徒会役員をしていて顔も広いので、噂《うわさ》で聞いたのかもしれない。

「それ、いつのことなの」

思わず身を乗り出す。志保は「そんな大したことじゃないみたいだけどね」と前置きして話し始めた。

「夏休み明けてすぐくらいに、美術部の子が描いた絵に、同じ部員の子がいたずらをしたみたいなの。誰がやられたとか、詳しいことは娘も知らないみたいだけど」

千春からはそんな話は聞いていないし、顧問の長谷部先生も何も言っていなかった。美術部員は現在、男子が一人、女子が千春を含めて五人しかおらず、部活の保護者説明会では少人数で仲良く活動していると聞いていた。だが思い返してみると、二年生に上がってから仲の良かった子が塾で部活に来られなくなり、行っても楽しくないと話していたことがあった。

　事故の起きた時も、千春は一人でいたという。もしかして、美術部で孤立していたのだろうか。絵にいたずらをされたというのは、千春なのだろうか。

　志保とのおしゃべりを切り上げて席を立ったのは午後二時半頃だった。志保は銀行に寄るというのでそのまま別れ、自転車を漕いで自宅へと急ぐ。千春はちょうどおやつを食べようとしていたらしく冷蔵庫の前にいた。

「お帰り、ママ。お弁当ありがとね。ちゃんと洗っといたから」

　水切りかごには空の弁当箱が伏せて置かれている。下段の冷凍室からアイスを取り出そうとしている千春は、腰をかがめているせいか、いつもより小さく見えた。結《ゆ》わえていないまっすぐな長い髪がさらりと胸元に落ちる。

「千春。美術部のことで、ちょっと聞きたいことがあるの」

　そう告げた途端、千春の肩がびくりと震えた。そろそろとこちらに向けた顔に警戒の色が浮かんでいる。だが、ここで引き下がるわけにはいかなかった。

「友達のお母さんから聞いたんだけど、美術部でいじめみたいなことがあったって本当？　描いた絵にいたずらされたって。千春が学校に行けないのは、もしかしてそのことが原因じゃないの？」

　千春の目が大きく見開かれた。

「どうしても話したくないなら、無理に話さなくてもいい。でも、このままずっと千春が学校に行けなかったらと思うと、お母さん心配なの。教頭先生も、濱内先生も長谷部先生も、みんな千春の味方なんだよ。絶対にこれ以上、千春が困ることにはならないから、話してみようよ」

励ますように千春の顔を覗き込むが、千春は目を伏せたまま、華奢《きやしや》な拳を握り締めている。白い頰はますます色を失っていた。やはり無理に話をさせるのは良くなかったかと後悔した時、か細い声が発せられた。

「――あいつが、やったの」

あいつって、美術部の子なの、と問いかけると、がくりと力が抜けたようにうなずいた。千春の足元のキッチンマットに涙がぽたぽたと落ちた。やはりいじめが原因だったのだ、と思ったが、そうではなかった。

「同じ美術部の梶原恭介《かじわらきようすけ》が、私に向かって石膏像を落としたの」

絞り出すようにそれだけ言うと、千春は両手で顔を覆い、その場にしゃがみ込んだ。

二

千春が一年生だった時の文化祭で、梶原恭介は美術部の展示の案内をしていた。美術部員では唯一の男子生徒だったこともあって、彼のことははっきりと覚えている。千春と同じ学年には見えない、大人びた感じのする子だった。

中学一年生にしては長身で、百七十センチ近かったと思う。細身の体格で色が白く、端整な顔立ちをしていた。少し目尻の上がった一重《ひとえ》まぶたの大きな目は、瞳の輪郭がくっきりと濃い。深く切れ込んだ口角の形が穏やかに微笑《ほほえ》んでいるようにも見えて、どこか普通と違う雰囲気をまとった印象的な少年だった。

口数は少なかったが、展示されている絵について質問すると丁寧に答えてくれた。一年生ながら彼の絵は、美術室の一番目立つ場所に飾られていた。葉の一枚一枚を緻密に緑の濃淡で塗り分けたジャングルに、鋭い眼光の虎が佇《たたず》んでいる姿を描いた美しくも迫力のある作品で、中学生離れした技量とセンスを感じさせた。

あの梶原恭介が、なぜ千春に危害を加えるようなことをしたのか、まるで分からなかった。梶原恭介とは小学校の学区が違うので、中学に上がって美術部に入ってからしか交流はない。クラスも一年生から別だった。

「どういうことなの？　梶原君が石膏像を落としたって――千春は美術室に一人でいたんじゃなかったの？」

千春が落ち着くのを待って詳細を尋ねた。私の問いかけに、千春はあの日のことを思い出したように怯《おび》えた顔になる。

「美術室に行った時は私一人だったの。でもそのあと、絵を描くのに集中していたから、教室の戸が開いたのに気づかなかったんだと思う。窓際にいたから、雨の音で周りの音もよく聞こえなかったし。しばらく色塗りしてたら、すぐ後ろで物音がした気がして、振り返ろうとした瞬間、シーザーの像が落ちてきて――その後ろに梶原がいたの。私が転んで動けなくなってる間に逃げちゃったみたいで、美術室の近くで練習してたダンス部の子たちが音に気づいて助けに来てくれたんだけど、その時にはもういなくなってた」

「そのこと、先生にも言ってないのね」

千春はうなずくと、縋《すが》るような目で私を見上げた。

「だって梶原、それからすぐに美術室に戻ってきたんだよ。ダンス部の子は私が怪我してないか心配してくれてるのに、あいつ、まるで観察するみたいにこっちを見てた。梶原がいたから、先生にも言えなかったの」

驚くべき告白だった。なぜ梶原恭介はそんなことをしたのか。何か彼との間にトラブルがあったのかと尋ねたが、千春は分からない、私は何もしていないと首を振るばかりだった。

「あいつ、意味分かんない。頭に当たってたら、死んでたかもしれないんだよ。怖くて、誰にも言えなかった」

声を震わせながら訴えると、再び目を潤ませる。私は千春を自室に行かせると、すぐに中学校へ電話した。

まずは担任に伝えるべきなのかもしれないが、これだけの事態となると経験の浅い濱内先生に対処ができるのか不安だった。そんな迷いもあったので、教頭が電話口に出たことにほっとした。

千春が学校に行けなくなった理由が分かったこと。その件で、できるだけ早く直接会って相談したい旨を伝えた。教頭は予定を確認すると、今これから来てもらっても構わないと答えた。夕飯の支度が遅れるかもしれないが、そんなことは言っていられない。千春に先生と話してくると声をかけ、すぐに身支度をして中学校へと向かった。

面談は応接室で行われた。テーブルの窓側に教頭と濱内先生、角を挟んだ右手に美術部顧問の長谷部先生が座り、私は教頭の向かいの席に着いた。傾き始めた日が差し込み、長谷部先生の後ろの棚のトロフィーや盾がきらきらと輝いていた。

「ご足労いただいてありがとうございました。校長は今日は所用のため同席できませんが、これまでの経緯はすべて伝えております。それで、千春さんは学校に行きたくない理由について、どんなふうに言っていたのでしょうか」

穏やかだが張りのある声で教頭が尋ねる。先生たちを前にすると、このことを話したらどれだけ大事《おおごと》になるのだろうと、今さらながら怖くなった。深呼吸をしてお腹に力を入れ、私は千春から聞いたことを伝えた。

「千春は、同じ美術部員の梶原恭介君が、自分に向かって石膏像を落としたのだと話しています」

教頭が息を呑んだのが分かった。強張《こわば》った顔で、先を促すように小さくうなずく。

「本人が言うには、原因は思い当たらないそうです。なぜそんなことをされたのか分からなくて、怖くて今まで誰にも話せなかったと言っていました」

長谷部先生はぽかんと口を開けたまま、目をまたたかせている。濱内先生はほとんど泣きそうな顔になっていた。

教頭はテーブルの上で組んだ両手にしばし目を落としたあと、深刻な表情で私を見つめた。

「千春さんのお話は分かりました。お伝えいただいてありがとうございます」

教頭は口を開くと、まずそう告げた。そして傍《かたわ》らに置いていた黒い手帳を手にすると、何やらメモをする。それから今後の方針について説明を始めた。

「明日以降、他の生徒からも聞き取りをして、改めて状況を確認します。その上でどう対処するかを相談して、その後、学校側と城戸さんとのお話し合いの場を設けさせていただくことになるかと思います。なるべく早く、良い形で千春さんが学校に戻ってこられるように努めますので。もちろん生徒たちから聞き取った内容は、きちんと共有させていただきます」

濱内先生と長谷部先生はその場にいながらも、ほとんど言葉を発することはなかった。濱内先生はあまりの事態に青ざめ、呆然《ぼうぜん》としているようだった。長谷部先生は顧問をしている美術部員の二人が当事者とあって、一心に何かを考え込んでいる様子で唇を結んでいた。

面談が終わり、席を立った私を職員玄関まで見送りながら、教頭は今日はありがとうございましたと改めて礼の言葉を述べた。

「今後は私が窓口となってお話をさせていただくので、何か気になることがあればいつでもおっしゃってください。学年主任やスクールカウンセラーとも連携して、千春さんが学校に戻れることを第一に考えてまいります」

「お世話になります。あの、一つ伺っておきたいのですが」

私は校舎を出る前に、気になっていたことを切り出した。

「梶原君が石膏像を落としたと認めた場合、彼はどうなるんでしょうか。子供がしたことではあっても、これって犯罪ですよね。学校が対応する以前に、警察に届けなくていいんですか」

これまですらすらと話していた教頭が、初めて言葉に詰まった。玄関ホールに置かれた大きな金魚の水槽の方へと視線を泳がせ、口を開く。

「そうですね。警察に届けると城戸さんが判断された場合、学校側としてはそれを止める立場にはありません。ただ、その際には事前にお知らせいただけると助かります」

教頭はそう言ってもう一度、お忙しい中ありがとうございましたと頭を下げた。

敷地内に停《と》めていた自転車を押して校門を出る頃には、西の空はすっかりオレンジ色に染まっていた。夫には家を出る前に、中学校に千春のことで話をしに行くとだけメールしてあった。もちろん、この件について相談するつもりだが、どう話せばいいものか悩んでいた。

夫はこうと決めると自分の考えを変えない性質だ。もしも千春の事故が美術部の生徒の故意によるものだと知ったら、警察に届けるべきだと言い張るかもしれない。

どんなふうに夫に伝えるか、考えながら自転車を漕ぎ出そうとした時だった。

「早苗さん、どうしたの？　こんな時間に」

後ろから声をかけられ、ペダルから足を降ろす。振り返ると志保が自転車を押して坂を登ってくるところだった。前かごにスーパーのレジ袋が収まっているところを見ると、買い物の帰りなのだろう。

「千春のことで、先生にちょっと話を聞いてもらってて」

梶原恭介のことはまだ話すべきではない。私は曖昧に言葉を濁した。志保は特に気にした様子もなく、そっか、お疲れさま、と言って隣に並んだ。

「あのあと千春ちゃん、話してくれた？」

尋ねながら、志保がそのまま歩き始める。早く帰りたかったのだが、自転車に乗るタイミングを逃し、そのまま一緒に歩き出した。

「ううん。いじめのことも、何も言わなかった」

そういえば美術部内で絵にいたずらをされたという話のことは、聞きそびれたままだった。このことも千春に確認しておかなければいけない。

「美術部って確か、全部で六人しかいないんだっけ。人数少ないと、逆に人間関係が難しかったりするよね。ただでさえあの年頃の子たちって、小さなことでぶつかったりするじゃない。うちの娘も小学校からの友達と上手《うま》くいかなくなって、色々悩んでた時期があったよ」

志保がため息交じりに言ったのを聞いてふと、彼女の娘が梶原恭介と同じ小学校の出身だったことを思い出した。学年は違うが、彼について何か知っているかもしれない。

「そうだ。娘さん、美術部の梶原君と小学校同じだったよね。あの子、やっぱり小学校時代から絵が上手だったのかな」

それとなく尋ねてみる。だが志保の返事はない。聞こえなかったのだろうかとそちらを見ると、志保は自転車のハンドルを握り締めたまま、その場に固まっていた。

「——梶原って、梶原恭介？　あの子、美術部だったの？」

ややあって、志保が上擦る声で尋ねた。夕焼け空の下でも分かるほど、頬が青ざめている。小学校時代に、彼は何かトラブルを起こしていたのだろうか。心臓がぎゅっと縮む感覚がした。

「うん。そうだけど、どうかしたの？」

「ごめん。知らなかったから――ていうか、あの子が部活に入るなんて思わなかった。ねえ、梶原恭介の母親と、説明会とかで会ったりした？　梶原美里《みさと》っていうんだけど、早苗さん、関わってない？」

なぜか志保は梶原恭介ではなく、その母親の方を気にしているようだ。彼の母親は美術部の保護者説明会に来たことはないし、話したこともないと答える。良かった、と心から安堵《あんど》した様子の志保を見て、新たな不安が湧き上がってきた。

梶原恭介の母親は、何か問題のある人物なのだろうか。もしかしたら小学校で揉《も》めごとを起こしていたり、または地元で有名な不良少女だったりしたのかもしれない。だとするとこれから千春の事故の件でやり取りをする際に面倒なことになりそうだ。

「梶原君のお母さんって、どういう人なの？　もしかして、元暴走族とか」

違う、と鋭く遮《さえぎ》られた。そして地元の同年代の人なら大体知ってる話だけれど、と嫌なものでも見たような顔で告げる。

「梶原恭介の母親って、高校生の時、逮捕されてるの。自分の部屋で産んだ赤ちゃんを殺して、公園のトイレに捨てたんだよ」

三

そのあと志保は梶原恭介の母親である梶原美里について、知っている限りのことを教えてくれた。

梶原美里は志保と同じく、現在娘たちが通うこの中学校の卒業生だった。地元で大きくニュースになった女子高生による殺人死体遺棄事件については、元同級生のほとんどがその犯人が梶原美里だと知っていたという。

「新聞には顔も名前も出なかったけど、そういうのは広まるから。まだインターネットなんかない時代だったけど、みんな知ってた。でも意外だったよ。美里は地味な子で、中学時代も彼氏なんかいなかったし、同じ高校に行った子の話では、高校でも男と付き合ってる感じはなかったって」

梶原美里は逮捕後に栃木県の女子刑務所に収容された。弁護側は当時の年齢が十七歳であること、誰にも相談できず追い詰められての犯行だったことなどを理由に女子少年院への入院が妥当だと主張したが、ここまでの重大事件とあっては受け入れられなかったらしい。

五年の刑期を終えて、梶原美里は地元に戻ってきた。そして専門学校で資格を取り、看護助手として働き始めたのだそうだ。

「普通だったら、そんな事件を起こして地元になんか帰って来られないでしょう。だってご近所の人だって同級生だって、みんな知ってるんだよ。その辺りも美里は、ちょっと感覚が違ってるんだよね。あの子の過去を知ってる人は、誰も近寄らないよ。今も美里と付き合いをしているのって、何も知らない外から来た人と、子供が同じ学校だとかご近所だとかで、どうしても関わるしかない人だけじゃないかな」

梶原美里はこれまで、保護者説明会や文化祭などに顔を出したことがなかった。子供が中学生ともなれば働いている保護者も多いので、それは珍しいことではない。

「もし美術部で子供同士の付き合いがあるにしても、梶原美里には近づいちゃ駄目。これから引っ越す予定もないわけでしょう。逃げられないんだったら、関わらない方がいい。あの子、本当にまともじゃないの。恭介が小学生の時だって、息子をいじめたって相手の家に怒鳴り込んで警察呼ばれたんだよ」

過去に起こした事件のことだけでなく、梶原美里はそれ以降の言動によっても忌避されているようだ。

思えば今日の面談で梶原恭介の名前を出した時、先生たちの反応には驚きや戸惑いだけではない、怯えのようなものが混じっていたように感じた。梶原恭介の母親が息子の小学生時代に警察沙汰となったトラブルのことや、もしかしたら過去に起こした事件についても把握していたのかもしれない。

私も夫も地元の人間ではない。同じ学校の保護者たちも、良識のある人ならわざわざ過去の犯罪について噂をばら蒔《ま》くようなことはしない。志保は千春が梶原恭介と同じ美術部に所属していることを知ったから、心配して教えてくれたのだ。

女子高生だった彼女が、どんな背景があってそのような罪を犯したのかは分からない。だが止《や》むに止まれぬ事情があったのだとしても、生まれたばかりの赤ん坊を殺して遺棄した梶原美里は、自分とは違う世界の人間に思えた。

娘が学校に行かなくなったというだけで、普通の物差しからはみ出してしまうのではないかと恐怖していた。その先にある深い穴に落ちようとしているとも知らずに、取るに足らないことを心配していたのだ。

志保と別れて帰宅してからも、しばらく寒気がおさまらなかった。ダイニングの椅子に腰掛けたまま、これからどうするか考えるともなくぼんやりしているうちに、辺りが暗くなっていることに気づく。なんとはなしに窓の外を警戒しながら、雨戸を閉めてカーテンを引いた。

昨日のうちに買っておいた材料で手早く夕飯を作る。夫の帰りはいつも遅いので、私と千春だけで先に食べた。

「学校、行ってきたんでしょう。先生なんて言ってた？」

洗い物をしていると、食器を下げにきた千春が不安そうに尋ねた。私が帰ってから、ずっとそのことを気にしていたのだろう。

「他の子たちにも話を聞いて、きちんと対応してくれるって言ってたよ。千春は何も心配しなくていいから」

元気づけるつもりでそう言ったが、千春は不審そうに眉をひそめた。

「他の子たちって？　私の話だけじゃ、信じてもらえないっていう意味？」

志保から聞かされた話の衝撃で気が回らず、余計なことを言ってしまった。教師がどちらか一方の生徒の話だけ聞いて判断を下すことはない。これから梶原恭介の話も聞くことになるはずだが、千春に言う必要はなかったのだ。

「そうじゃないでしょ。どういう状況だったか同じ部活の子たちにも聞いて、千春が安心して学校に通えるように配慮してくれるんだよ」

取りなしたつもりだったが、もう遅かった。

「梶原が学校からいなくならない限り、安心なんてできないから」

思い詰めたような硬い表情で言うと、千春は二階の自室に行ってしまった。

結局その日、夫の帰りは深夜となり、翌朝はゆっくり話す時間もなく出勤していったため、千春に打ち明けられたことは話さないままだった。私はいつものように朝九時からの勤務で、千春の朝食と昼食を準備してから出勤する。千春を起こす時にこれまでのようなやり取りをする必要がなく、その点だけは気が楽だった。

「具合が悪いわけじゃないんだから、ちゃんと学校のプリントやっておいてね」

授業に遅れないようにと濱内先生が各教科のプリントをまとめてくれたのを千春に渡すと、普段と同じく自転車で家を出た。

今日は志保が休みだったため、日用雑貨を私一人で担当しなければならなかった。幸い昨日のような売り出し品はないので通常の発注分の品出しをする。洗剤やシャンプーなどを向きを揃《そろ》えて陳列し、商品整理をしながら今後のことについてあれこれ思案していた。

志保に忠告されたように、千春の事故のことで保護者同士が関わり合う事態は避けたかった。学校に任せて間に入ってもらえば、梶原美里と直接やり取りはしないで済むかもしれない。

問題は千春に危害を加えられたと知った夫が、警察に届けると言い張った場合だ。梶原美里は子供同士がトラブルになったくらいで相手の家に乗り込んで騒ぎを起こすような人間だ。我が子が警察に訴えられようものなら、どれだけ激昂《げきこう》するか分からない。

彼女が過去に起こした事件について説明すれば、警察に訴えることは諦めてくれるだろうか。夫は何事も理屈で考える人間だ。彼女を恐れ、できるだけ距離を置きたいという私の感情や思いは理解してもらえないかもしれない。

だからと言って話さずにおくわけにはいかない。夫にこの件をどう伝えるか、悩みながらも手を動かすうちに時間は過ぎて、あっという間に退勤時刻になってしまった。

タイムカードを押して帰り支度をし、午後一時過ぎに店を出た。途中のスーパーで買い物をして帰宅すると、千春はお昼ご飯に準備していったサンドイッチを食べているところだった。

「プリント、午前中に全部終わらせたんだよ」

隠しごとがなくなって気持ちが楽になったのか、晴れ晴れした表情で千春が報告してきた。昨晩は私の不用意な一言で不安にさせてしまったが、今は機嫌も良いようだ。

「頑張ったじゃない。分からないところとか、なかった？」

「教科書読めば解ける感じだったから大丈夫。でも早く学校行きたいよ。友達としゃべりたいし」

少し声のトーンを落とすと、半分ほど牛乳の残ったマグカップを見つめる。私は買い物の荷物を床に降ろすと、千春の向かいの椅子に座った。

「やっぱり梶原君がいると、怖くて学校に行けない？」

千春の顔を見つめ、穏やかな口調を意識して尋ねた。公立中学校は非行事実があったとしても高校のように退学にすることはできない。千春が望む状況となるには、梶原恭介の保護者が転校の手続きを取るか、恭介が児童自立支援施設に収容されるなどの措置を取られるかのどちらかしかない。そしてそのどちらも、簡単ではなさそうだった。

「梶原君と顔を合わせなくて済むように、学校には行くけど美術部はしばらくお休みするとか、そういうのはどうかな」

このまま千春が学校に通えなかったらという焦りから、つい妥協点を探そうとしていた。だが、千春は険しい表情で顔を上げた。

「なんでやられた私の方が、逃げないといけないの。梶原がいなくなればいいじゃん。梶原、絵は上手いかもしれないけど後輩の面倒とか見ないし、私が部長になった方がいいってみんな言ってるよ。なのに長谷部先生はあいつのことをいつも贔屓《ひいき》しててさ」

頬を上気させ、声を張り上げて抗議する。また千春の反感を買ってしまったようだ。

「うん、ごめん。そうだよね」

まずは千春の気持ちを受け止めてから、それが現実には難しいということを伝える。

「でも学校の方で梶原君だけに部活動を休ませることはできないし、転校させることもできないの。今すぐに千春の希望は叶《かな》えられないけど、お母さん、千春ができるだけ早く学校に戻れるように頑張るから」

そう言って励ますと、千春はしばらく黙ったあと、苦いものを飲み込むようにうなずいた。

教頭から電話が来たのは、午後三時過ぎのことだった。直接伝えたいことがあると言われ、再び学校の応接室へと呼ばれた。今日は濱内先生と長谷部先生の姿はなく、教頭だけが向かいに座った。しんとした室内で二人きりで対面するのは落ち着かなかった。

「担任の濱内と顧問の長谷部と私とで、梶原君や関係する生徒たちから事故が起きた時の状況について、聞き取りをしました」

教頭はいつになく冷ややかな表情でそう切り出した。梶原恭介以外の関係する生徒とは、誰のことだろう。話が飲み込めず、まずはそれを尋ねた。

「あの日、千春は一人で美術室に来ていたんですよね。梶原君の他に、その場に誰かいたんですか?」

「いいえ、そういうことではないんです」

教頭は答えると、テーブルに広げた手帳に目を落としてから口を開いた。

「事故が起きた時に、美術室前の廊下でダンス部員の女子生徒四人が練習をしていたんです。部室がエアコンの修理で使えなくなっていて、雨で外にも出られなくて」

はあ、と相槌《あいづち》を打つ。確かに千春から近くで練習していたダンス部員の子が助けに来てくれたという話は聞いていた。その子たちが状況を目撃していたということだろうか。

「美術室は東校舎の端から二番目の位置にあって、一番奥が美術準備室となっています。美術準備室には廊下側と、前にご覧になった美術室に通じる方のドアがあるんですが、事故が起きた時はどちらも施錠されていました。ダンス部の子たちは、廊下で練習していたところ、しばらくして千春さんが一人で美術室に入っていったと話しています」

「要するに、梶原君は千春と一緒に来たわけじゃないってことですよね。先に美術室にいたのか、後から来たのかは分からないけれど」

それは前にも話したことだ。なぜそんなことを今、くどくどと説明しているのだろう。

「千春さんが美術室のドアを開けた際、ダンス部員の子たちは振り付けについてみんなで話し合いをしていて、中の様子を見たという子はいませんでした。だからその時、美術室内に他に誰かいたのかは確認できていません」

さっきから教頭は何を言おうとしているのか。ひたひたと冷たい水が押し寄せてくるような感覚に、胸が詰まりそうになる。

「美術室に千春さんが入って十分ほど経《た》った頃に、悲鳴と何かが割れる音が聞こえて、すぐに練習を中断して美術室の引き戸を開けたそうです。石膏像が床に落ちて壊れていて、でもそこには千春さん以外、誰もいなかった。戸を開ける前に出て行った人もいなかったと、ダンス部員の子たちは話しています」

「それは、つまり、どういうことでしょうか」

そんなはずはない。混乱しながら、やっとのことで尋ねる。だが教頭はこちらを見据えると、きっぱりと告げた。

「梶原君はその場にいなかったんです。本人にも確認しました。部活に顔を出す前に一人で日直の仕事をしていて、千春さんが怪我をした時には教室にいたとのことでした」

「じゃあ、どうして千春は梶原君が石膏像を落としたなんて言うんですか――」

「分かりません」

突き放すような言い方に、足元がぐずぐずと崩れていくように思えた。

「それともう一つ、お伝えしたいことがあります。顧問の長谷部が美術部員から聞き取りをしたのですが、千春さんは梶原君の描いた絵にいたずらをしたことがあったそうです。ご存じでしたか」

溺れたように息が苦しかった。どうにか呼吸をし、首を振る。

「梶原君が自分のお母さんを描いた絵の、目の部分に画鋲《がびょう》を突き刺してあったとのことでした。梶原君がこれまで何も言わなかったので長谷部は把握していませんでしたが、他の部員が見ていて、今日になって教えてくれたそうです」

膝の上のバッグからハンカチを出し、目元を押さえた。申しわけありません、と言おうとしたが、不明瞭なうめきにしかならなかった。こちらを向いた教頭がどんな顔をしているのか、ぼやけてよく見えない。追い討ちをかけるような硬い声が応接室に響く。

「もう一度、お母様から千春さんに詳しい状況を尋ねてみてくださいますか。もし良ければ千春さんに学校に来ていただくか、私と濱内がご自宅まで出向いて、千春さん本人からお話を聞かせてもらえればと思うのですが」

四

中学校から戻ると、私はすぐに自室にいた千春に問い質《ただ》した。

「梶原君が石膏像を落としたって、本当に間違いないの？」

ベッドの上で漫画本を読んでいた千春は、私の剣幕にきょとんとして答えた。

「うん、そう言ったじゃん」

「あなたの勘違いじゃないのね？　ちゃんと梶原君の顔を見たの？」

千春ははっとした顔になり目をそらした。やはり嘘《うそ》をついていたのだ。

「答えなさい。梶原君がやったっていうのは――」

「嘘じゃないもん」

千春は低い声で言うと、私を下から睨《にら》みつけた。

「シーザーの像が落ちてきた時、確かにその後ろに人がいたの。陰になって顔は見えなかったけど、白いシャツを着てるのは分かった。女子の夏服はジャンパースカートだから、男子でしょう。美術部の男子は、梶原だけだもん」

力が抜けそうになった。そんなことが根拠だったのか。だが問題はそれだけではない。私は千春の話を遮ると、教頭から聞いたことを伝える。

「美術室の前で、ダンス部の子たちが練習してたでしょう。その子たちは、千春が美術室に入ってから、千春以外には誰も美術室に出入りしてないって言ってるの」

「嘘！　だって私が美術室に入った時、他に誰もいなかったのに」

狼狽《ろうばい》した千春がヒステリックに喚《わめ》く。

「じゃあ、梶原君はどこから現れたって言うのよ」

「分かんないよ！　知らない！　とにかく梶原がやったんだってば」

「それが勘違いなんじゃないかって言ってるの！」

耳障りな金切り声につられて、思わず怒鳴りつけていた。目を丸くした千春が怯えたように首をすくめてこちらを見上げている。だが抑えることができなかった。

「梶原君が描いた絵に、いたずらしたんでしょう。あの子の方が絵が上手いからって妬《ねた》んで——いつか仕返しされるんじゃないかって思い込んで、だから誰もいないのに、そんな見間違いをしたんじゃないの」

千春の口元が引き攣《つ》ったように歪《ゆが》んだ。千春は笑っていた。泣きながら。

「だってあいつ、好きなものを描くってテーマで自分のママの絵を描いたんだよ。普通そんなことする？　しかも美人でもなんでもない、気持ち悪い顔の太ったおばさん。キモいんだよ、梶原。あいつ普通じゃないんだって！」

そう叫ぶと千春は、小さな子供のように声を上げて泣き出した。それ以上は会話にならなかった。ベッドに突っ伏して泣きじゃくる千春を見下ろしながら、私は途方に暮れた。

その晩、夫は私からの連絡を受け、仕事を切り上げて早くに帰ってきた。千春は自室にこもったまま、夕食の時間になってもリビングに降りてこなかった。

「ちょっと話がよく分からないな。千春が、同じ部活の男子が石膏像を落としたって嘘をついてるっていうこと？」

これまでの経緯について一通りの説明を聞いた夫は、困惑した顔で首を傾げた。

「本人は嘘じゃないって言ってる。でも状況的には、千春が嘘を言ってるとしか考えられないの。多分、先生たちは千春が梶原君を嫌っていて、陥れようとしてるんだと思ってる」

そうか、と小さくつぶやくと、思案するように腕を組む。やがてこちらに顔を向けると、複雑な表情で尋ねた。

「早苗はどう思うの？」

その問いを受け、改めて考えてみる。教頭の話を聞いて、なぜそんな食い違いが起きたのかと半ばパニックになっていた。しかし千春の言葉の真偽については、なんとなく確信があった。

「私は、千春が嘘を言っているようには思えない。学校を休みたくてお腹が痛いって言ってた時は、嘘をついてるのが分かった。あの子、嘘が下手《へた》だから。でも今度のことは違うと思う。きっと嘘をついてるんじゃなく、何かを見間違えてそう思い込んでるんじゃないかな」

シーザーの胸像が落ちた時、美術室には千春の他に誰もいなかった。だが千春は白いシャツを確かに見たという。一体何を見間違えたのだろうかと、美術室の光景を思い起こす。美術室の壁も、美術準備室のドアも薄いグリーンで、制服のワイシャツと見間違えるはずがない。白いものと言えば落ちてきた石膏像くらいだ。

他にあの場に何があったのだろうと考え込んでいた時、不意に夫が口を開いた。

「俺は正直なところ、千春が嘘をついているんだと思うよ」

ぽかんと口を開けたまま、夫の顔を見つめた。夫はどこか投げやりな態度で椅子に背中を預け、ポキポキと音を立てて首を回した。

「どうして、そんなことを言うの」

「考えたら分かるじゃないか。ダンス部員の四人ともが、千春のあとに美術室に出入りした人間はいないって証言してるんだろう。対して、梶原君がやったなんて言ってるのは、千春一人だ」

夫はあくまで理屈で考えると決めているようだ。だからと言って自分の娘が嘘をついていると結論づけることに、ためらいはないのだろうか。

「千春が嘘を言っているなら、なんで美術室に入った時に、他に誰もいなかった、なんて言うの。そこに梶原君がいたって言えば、辻褄《つじつま》が合うのに」

今度は夫がぽかんとする番だった。反論されるとは思っていなかったのだろう。答えあぐねているように口をもごもごと動かすと、それは――と言い淀《よど》む。

「初めにそう言っちゃったから、引っ込みがつかなくなったんだろう。ダンス部員たちがそんな証言をするなんて思わなかったから」

「でも美術室に入る時に、そこで練習しているのを見ていたのに」

しつこいな、と、ぼそりと夫が言った。思わず睨みつけた私から、面倒そうに視線をそらす。

「大体、最初から話がおかしいんだよ。石膏像は棚の真ん中に置かれていたんだろう？　多少位置がずれていたとしても、千春が手を触れたわけでも、棚にぶつかったわけでもないのに、自然に落ちるはずがない。だったら石膏像を落としたのは千春に決まっている」

夫はこちらを見ないまま言い捨てた。その暗い表情には、千春への嫌悪や失望が滲《にじ》み出ていた。考えもしなかったことを告げられ、言葉を失っていた。そもそもあの事故自体が、千春の自作自演だったというのか。自分が嫌がらせをした同級生を、さらに陥れるために、あれだけの騒ぎを起こしたと――。

熱を帯びた頭に、幼い頃の千春の姿が浮かんだ。お絵描きが大好きで、画用紙いっぱいに犬や猫やゾウ、大きなクジラまで描いて、動物園だよと嬉《うれ》しそうに見せてきた。誕生日のプレゼントに買ってあげたクレパスのセットを、何度も箱から取り出しては順番どおりの色に並べて眺めていた。あの千春が、そんなことをするはずがない。私は千春をごく普通に育ててきた。確かに梶原恭介のことは、好きではないかもしれない。だが彼の絵にいたずらはしても、やってもいない罪を着せるようなことはしない。だって千春は、普通の子なのだ。

「千春は嘘なんか言っていない。やっぱり見間違いなんかじゃない。梶原君が、石膏像を落としたに決まってる」

気づけば、思ったことをそのまま口にしていた。夫は怪訝《けげん》そうにこちらを見ている。

今、言うべきではない。分かっていたけれど、歯止めがかけられなかった。

「だって梶原君のお母さんは、普通の人じゃないんだもの。高校生の時に、自分が産んだ赤ちゃんを殺して、公園のトイレの隅にタオルにくるんで捨てたんだって。あの子のお母さんは、人殺しなんだよ」

　言い切った瞬間、取り返しのつかないことを言ってしまったという感触が唇にあった。夫は唖然《あぜん》とした顔で私を見つめた。そしてややあって、憐《あわ》れむように目を細めた。

「高校生の時ってことは、未成年だったんだろう」

「でも、殺人だもの。逮捕されて、刑務所まで入ったんだよ」

　言いわけをするように、焦って言葉を継ぐ。

「妊娠させられて、誰にも相談できないでいるうちに生まれちゃったってことだよな。それって、彼女だって被害者じゃないか」

「だけど赤ちゃんを殺すなんて――」

「同じ女だと、そんなふうに思うんだな」

　切り捨てるような、理解し合うことを諦めたような言い方だった。

　夫はうんざりした顔でテーブルの上のリモコンに手を伸ばし、テレビをつけた。

「どっちにしても、服役して罪を償っているんだろう。それを二十年近くも経って掘り返して。誰に聞いたか知らないけど、そういう他人のプライバシーを広めるような人間とは付き合うなよ」

　冷え冷えとした声で告げると、夫は先日アメリカで起きた航空機のハイジャックによるテロのニュースに見入ったまま、もうこちらを見なかった。

　しばらくして夫は先に寝ると席を立った。取り残された私はテーブルに肘をついて消えたテレビを眺めていた。台所の方から水音が聞こえ、我に返る。蛇口のレバーがきちんと下りていなかったようだ。

のろのろと立ち上がり、洗い物を始めようとした時、リビングの扉が開く音がした。夫が戻ってきたのかと目を向けると、千春が様子を窺うように顔だけ覗かせている。

「お腹空いたの？　ご飯温めようか」

キッチンから声をかけると、千春は無言でうなずいた。一人分残しておいた夕食をレンジで温め、テーブルに置く。千春はいただきますと小さな声で言うと箸を取った。今日のメニューは千春の好きな粉チーズをまぶした手羽元のオーブン焼きだった。

食器を洗いながら、付け合わせのポテトサラダを口に運ぶ千春の横顔に目をやる。ずっと泣いていたようで、まぶたが腫れ、鼻が赤くなっていた。その顔に、小さい頃の泣き虫だった千春の顔が重なる。そして先ほど夫の放った言葉が、唐突に頭に蘇《よみがえ》った。

「――千春、ちょっと教えてほしいんだけど」

考えながら、口が動いていた。

「うん、何？」

少し掠《かす》れた声で千春が返す。

「石膏像が落ちた時って、美術室の窓は閉まってた？」

千春はなぜ今そんなことを聞くのかという顔でこちらを向いた。その時のことを思い出すように、しばし目線を上げる。

「うん。結構強い雨だったから、吹き込まないように全部閉まってたよ」

そもそも美術室は二階だ。窓から出入りした可能性はないだろう。隣の美術準備室とを繋《つな》ぐドアは施錠されていて、鍵は職員室で管理されていた。生徒が無断で持ち出すことはできない。

廊下で練習していたダンス部員たちは千春のあとに美術室に出入りした人物はいないと証言している。だとすれば千春より先に美術室に来て隠れていたのだろうか。あの教室で人が隠れられる場所といえば掃除用具の入ったロッカーくらいだが、出入り口付近にあるロッカーに隠れていて、教室の窓側にいた千春に気づかれずに棚の裏側に入り込めたとは考えにくい。やはりその時、美術室には千春しかいなかったはずだ。

だが夫が言ったように、何もしなければ落ちるはずのなかった石膏像が落ちた。なぜそんなことが起こり得たのか。

洗剤の泡をすすぎながら、これまでに見たもの、聞いたことを思い起こし、必死に考えをめぐらせる。先生たちに案内された美術室の情景。ゴミ袋の中の無惨に割れたシーザー像。その像の後ろに千春が見たという白い何か。落下の直前、雨音に混じって聞こえたという物音。

最後の皿の一枚を洗い終えて水を切り、蛇口のレバーを下げた瞬間、頭の奥に閃光《せんこう》が走った。摑《つか》みかけたものを取り落とさないように、慎重に思考を広げる。そして千春に一つ、確認をした。

「ねえ、千春。石膏像が落ちたあと、ダンス部員の次に美術室に入ってきたのは、誰?」

「え、梶原だけど。怪我してる私のことなんか気にしてないふうで、シーザー像を置いてた棚を調べてたよ。そのあと一階の書道室から長谷部先生が呼ばれてきて、次に濱内先生。それで濱内先生が職員室に教頭先生を呼びに行ってくれたの」

迷う素振りもなく千春は答えた。ならば考えられることは一つしかない。

やはり千春は真実を話していた。梶原恭介には、ダンス部員たちに姿を見られずに石膏像を落とす方法があったのだ。

五

二日後。六校時の授業が終わったあとの時間に、私は中学校を訪れた。教頭、担任の濱内先生、美術部顧問の長谷部先生の三人と面談をする約束となっていた。

梶原恭介が石膏像を落下させ、千春を怪我させたことを証明したいと伝えると、教頭は困惑しながらも、話を聞くと言ってくれた。梶原恭介の担任は出張の予定があり、同席できないとのことだった。

この日は部活動はないと聞いたので、話をする場所は美術室にしてもらった。その方が私にとって都合が良かった。職員玄関で私を出迎えた教頭は、先に立って廊下を進みながら、少し言いにくそうに切り出した。

「実はもう一人、城戸さんのお話を聞きたいと言っていて、その場にいてもいいでしょうか。今回の事故の、関係者と言えば関係者なんですけど」

歯切れの悪い説明に首を傾げながらも、私は了承した。教頭はほっとした顔になると、取り繕うように千春の様子などを尋ねた。

関係者とは一体誰なのか。二階への階段を上りながら考えてみてその可能性に思い至り、胃を絞られるような感覚がした。

まさかそれは、梶原美里ではないだろうか。彼女なら当然、自分の息子を守るためにこの場に乗り込んで来ることもあり得た。途端に逃げ出したくなった。彼女とだけは絶対に関わりたくなかったのに——。

教頭の手が美術室の引き戸に掛かる。カラカラと軽い音を立てて戸が開くと、そこにいた三人の人物の顔が一斉にこちらを向いた。美術室の中央の大きな机に濱内先生と長谷部先生。そして二人に挟まれるようにして、冬服のブレザーに身を包んだ梶原恭介が座っていた。

「梶原君がどうしてもこの場にいたいと言うので、急なことですみません」

固まっている私に、教頭がすまなそうに告げる。梶原恭介は感情の見えない静かな目でこちらを見据え、かすかに頭を下げた。

どこに座るかで少し迷ったが、梶原恭介の目の前ではなく長谷部先生の向かいに座る。間を空けて濱内先生の前に教頭が座ると、「では城戸さん、お話をお願いします」と促された。

話すことは決まっていたが、こちらを見つめる梶原恭介に気圧《けお》され、すぐには言葉が出なかった。水をたたえたように光る濃い色の瞳が私を捉えていた。咳払いをするとゆっくり息を吸い、口を開く。

「石膏像があそこの棚から落ちて千春が怪我をした時、梶原君は同じ階にある、自分のクラスの教室にいたそうですね」

まずはそう尋ねた。安全のためか、黒板の横の棚の上には今は何も置かれていない。

「ええ、梶原君はその日は、一人で日直の仕事をしていたそうです」

答えたのは隣の教頭だった。教頭は心持ちこちらへ体を向けると、それが何か、と硬い声で言った。

「千春は石膏像が落ちる瞬間、その後ろに白いものが見えたと言っているんです。女子の夏服はジャンパースカートですから、ワイシャツを着た男子が棚の後ろ側——美術準備室のドアとの隙間にいて、石膏像を落としたのだと思ったみたいです」

「なるほど。だから美術部の唯一の男子である梶原君を、疑ってしまったということですか」

私の説明にうなずくと、教頭は対面に座る梶原恭介に気の毒そうに目をやった。

「おそらく千春は、何か別のものと見間違えたんだと思うんです。振り返って石膏像の方を見たのは一瞬のことでしたし、突然のことで動転していたはずなので」

「ええ、それは仕方ないですよ。急にあんなものが落ちてきて、千春さんも怖かっただろうし驚いたでしょう」

険しかった教頭の表情がいくらか和らいだ。やはり教頭も、千春が梶原恭介に罪を着せようと狂言を仕組んだと思っていたのだろう。

「ですが、千春が見たという白いシャツは見間違いだったとしても、あの石膏像を落とした人物がいないとおかしいんです」

私の言葉に、濱内先生がギョッとした顔になった。困ったように向かいの教頭に視線を向ける。教頭は再び強張った表情で私を見つめた。

「そうでしょうか。これは学校側の落ち度となりますが、石膏像の位置が何かの拍子に端の方にずれていて、それがたまたま、千春さんが近くにいる時に落ちてしまったと考えるのが自然では？」

「いいえ。あの石膏像は重量があり、安定した形状でした。なんの力も加えられていないのに自然に落ちることはありません」

私はきっぱりと言い切った。教頭はしばし沈黙したのち、長谷部先生に「そうなんですか」と確認する。長谷部先生は「ええ、城戸さんのおっしゃるとおりだと思います」と言いにくそうに答えた。考え込むように目を伏せた教頭が、ふうっと長い息を吐いた。

「私どもは、基本的に生徒の言ったことを疑うことはしません」

教頭は私の方に向き直るとそう切り出した。

「ですから触れても、棚にぶつかってもいないのに胸像が落ちてきたという千春さんの言葉を信じています。城戸さんは、本当は千春さんがあの像を落としたと言いたいのでしょうか。私にはそのように聞こえますが」

どうやら私の言い方のせいで誤解をさせてしまったようだ。違うんです、と慌てて否定する。そして斜め向かいに座る梶原恭介に視線を移した。彼がいる前で話すことになるとは思わなかったが、仕方がない。

「ご連絡した際に、梶原君が石膏像を落としたことを証明したいと申し上げましたよね。あのシーザー像を落としたのは、梶原君です。像が割れる音と千春の悲鳴を聞いて飛び込んできたダンス部員たちのすぐあとに、梶原君は美術室に来たそうですね」

　梶原恭介は肯定も否定もせず、ただ黙ってこちらを見つめている。代わりに長谷部先生が、「確かに僕よりも早くに着いていたようですが」と答えた。

「でもそれは、彼が美術室と同じ階の教室にいたからです。それに事故のあとにここにいたからといって、なんの問題があるんですか」

「事故の直後にここにいた人間にしか、後始末ができないからです」

　ついに核心に触れた。何を言い出したのかと先生たちの目が私へと注がれたところで、長谷部先生に確認したかったことを尋ねた。

「あの日、割れた石膏像を片づけるために使ったゴミ袋って、どちらに仕舞ってありますか」

「ゴミ袋？　でしたらあちらの掃除用具入れの上段にいつも置いていますが」

　長谷部先生は、なぜそんなことを聞かれるのか分からないという顔で答える。私は立ち上がると、長谷部先生が指した掃除用具を仕舞う金属製のロッカーの上の棚から、あの時使用されていたのと同じ半透明のゴミ袋を引き出してきた。

「千春が白いワイシャツと見間違えたのは、この白い半透明のゴミ袋だと思います」

　席に戻り、机の上に四つ切りの画用紙ほどの大きさのゴミ袋を広げる。

「確かに、色はそんな感じですけど――どうしてこれが石膏像の後ろに？」

　濱内先生が不思議そうに首を傾げ、石膏像が置かれていた棚の方を見た。

「梶原君は、このゴミ袋ともう一つの道具を使って、美術室に入ることなく石膏像を落としたんです。そして騒ぎになった直後にやってきて、怪我をした千春の方にみんなの目が向いているうちに、それらの道具を片づけたんです」

私はゴミ袋を手に立ち上がると、空になった棚の置かれた美術室の奥の方へと足を向けた。そして窓側の壁に取りつけられた——千春に怪我をさせた《凶器》を摑んだ。

「梶原君はこの手洗い場のホースをゴミ袋に繋ぎ、石膏像の後ろに設置すると蛇口を少しだけひねって美術室を出たんです。やがてゴミ袋に水が溜まって膨らみ、シーザー像を押し出して落とした。あの日は雨が降っていたので、千春は水の音に気づかなかったんでしょう。そして飛び込んできたダンス部員たちの目が割れた石膏像と怪我をした千春に向いている間に、手洗い場に使った水を流し、ゴミ袋を片づけた」

一息に結論を告げると手にしたゴミ袋を突き出し、梶原恭介を睨んだ。これが真相のはずだ。

「千春が言っていました。梶原君は美術室に来たあと、この棚を調べているみたいだったと。きっと棚の上を確認する振りをして、使った道具を隠していたんだと思います。ダンス部員の子たちにも聞いてみてください」

すぐには反応できないのか、言葉を発する人はいなかった。教頭と濱内先生は唖然とした表情でゴミ袋と手洗い場とを見比べていた。長谷部先生は心配そうな視線を隣の梶原恭介に向けている。

そして、その恭介は——。

「もっと単純な話だと思うんですけど」

興味なさそうに壁の時計を眺めたまま、ぽつりと言った。

「そんなややこしいことをしなくたって、石膏像を落として誰にも見られずに逃げる方法はありますよ」

「梶原君、あなた、そんなことしていないって言ったじゃない」

二の句が継げずにいると、濱内先生が声を上擦らせて割って入った。聞き取りの時と違うことをしゃべり出した生徒に対し、動揺しているのだろう。

「石膏像を落としたりなんて、していないでしょう。千春さんには何もしていないって、はっきり答えたよね」

「ええ、怪我をさせる気なんてなかったんです。そもそも、城戸さんがいるって分かってたら、石膏像を落としたりはしなかった。だってあれは、大きな音を立てて、ダンス部員の子たちを美術室に集めるためにしたことだから」

恭介が何を言っているのか、分からなかった。私だけではない。その場にいた教師たちも言葉を失った様子で、表情も変えずに語る恭介をただ見つめていた。

「なんのために、そんなことをしたの」

ようやく口を開いたのは教頭だった。青ざめた頬が痙攣《けいれん》したように震えていた。

尋ねられた恭介は、当然のことのように答える。

「美術準備室から出て行くところを、誰にも見られたくなかったんです」

なんですって、と教頭が大きな声を出した。

「梶原君はその時、美術準備室にいたということ？　まさか職員室から準備室の鍵を無断で持ち出して――それがばれるのが嫌だから、出て行くところを見られないように大きな音を立てて、廊下にいたダンス部員たちを美術室に誘い込んだの？」

恭介が「もっと単純な話」と言ったのは、そういう意味だったのか。確かに美術準備室の鍵を持っていたなら、美術室へ通じるドアを開け、すぐ目の前の棚にある像を落とすことができたはずだ。だが、なぜそれをこの場で、自ら暴露し始めたのだろう。自分の行為によって怪我をした女子生徒の母親を目の前にして、平然と自分の罪を告白している。悪いことをしたという意識がないのだろうか。

きっと、この少年は自分の赤ん坊を殺して捨てた梶原美里に育てられ、感化されたのだ。私たち普通の人間には、理解できない規範で生きているのだ。

「いいえ、そんな理由じゃないと思いますよ」

突然、恭介が他人事《ひとごと》のような言い方をしたので頭が混乱した。濱内先生も同じだったようだ。苛立った様子で恭介を睨みつける。

「じゃあ、どういう理由だって言うの」

怒りを爆発させたいのをこらえているのだろう。濱内先生の声が震えていた。そんな相手の様子をまるで気にしていないかのように、恭介は首を傾げると考え込む表情になった。ややあって、不味《まず》いものでも口にしたように眉根を寄せる。

「その人は、美術準備室にいるのを見られたくなかったんでしょう。きっと誰か、見られたくない相手と一緒にいたんじゃないかな」

今度は一体、何を言い出したのか。言葉の意味を考えようとした時、がたんと大きな音がした。長谷部先生が椅子を動かし、恭介の方へと体を向けていた。

「梶原――さっきからお前、なんの話をしているんだ」

長谷部先生の強張った顔には、動揺と困惑の色が浮かんでいた。恭介は面倒そうに小さなため息をつくと、再び口を開く。

「シーザー像を落とした人の話ですよ。美術準備室って普段から使われていないし、廊下の端にあって誰も前を通らないから、関係を秘密にしなければいけないような相手と会う場所として利用していたんじゃないですか。鍵は職員室にあるから、先生ならいつでも使えますしね。でもあの日はいつもと状況が違った。美術室の前の廊下で、ダンス部員が集まって練習を始めたんです。その人はどうにか彼女たちに見つからないように美術準備室から出るために、大きな音を立てようと美術準備室のドアを開けて棚の上のシーザー像を落とした。そこに城戸さんがいるなんて気づかなかったんでしょう。城戸さんが見たという白い服を着た人物は、そうして騒ぎになった隙に逃げ出したんです」

恭介は長谷部先生の方を見もせずに淡々と答えた。そして早く帰りたいとでもいうように、再び壁の時計に目をやった。

事故の日のことを思い返す。美術室で状況を説明してくれた長谷部先生は、白いワイシャツにスラックス姿だった。あんなにも申しわけなさそうに何度も謝っていたのは、自身が加害者だったたからなのか——。

「ですがこの場合、長谷部先生だけは犯人ではあり得ません」

恭介の言葉に、再びそこにいた全員が呆気《あっけ》に取られる。なぜそんな結論になるのか。真相だと思われたものが何度も覆され、私はもはや混乱の極みにあった。

どうしてそう思うの、と、普段の威厳を失った教頭がおずおずと尋ねる。声に張りがなく、これまでのやり取りで疲れ切っているようだった。

「だって美術部顧問で美術教師の長谷部先生が美術準備室から出てきても、誰も不審になんて思わないでしょう。たとえ長谷部先生があそこで誰かと会っていて、その人を見られたくなかったのだとしても、自分が先に外へ出てダンス部員に別の場所で練習するように言って追い払えばいい。美術準備室にいたのは、長谷部先生以外の先生です。その人は白い服を着ていて、気づかれないうちに美術準備室の鍵を職員室に返す必要があった。濱内先生はあの時、わざわざ職員室に教頭先生を呼びに行きましたよね。教室の内線か携帯電話で伝えれば済むことなのに」

あの日、就職活動中の学生のような白のブラウスを着ていた濱内先生は、真っ青な顔で目を泳がせると「嘘です。でたらめです」と弁明にもならない言葉を口にした。その声はふざけているのかと思えるほどに裏返り、震えていた。

「一緒に美術準備室にいた相手が既婚者なのか、未成年者なのかは知らないし興味がありません。あまり遅くなると母が心配するので、そろそろ帰ります。詳しい話は濱内先生に聞いたらいいでしょう。当事者なんですから」

梶原恭介は立ち上がると椅子を戻し、失礼しましたと頭を下げて出ていった。すっと伸びた背中を見送ったあと、そこに残された人たちの目が濱内先生に向いた。

「私、美術準備室になんか入っていません。本当です！」

「じゃあ警察を呼んで準備室の鍵の指紋を採ってもらいましょうか。梶原君が言ったことが本当だとしたら、これは事故ではなく犯罪ですから」

涙目になった濱内先生が喚くのを、長谷部先生が冷めた声で切り捨てる。自分が顧問をしている美術部の生徒が傷つけられたためだろう。これまで見たことのないような迫力だった。教頭が立ち上がると、私の方へ向き直る。

「他の生徒や教師を含めて再度聞き取りをして、改めて状況を報告させていただきます。少しお時間をいただけないでしょうか」

悲愴《ひそう》な顔で頭を下げられ、了承するよりなかった。

バックネットを揺らす秋風に身をすくめながら、夕焼けに染まる校舎を背に校門を出た。街路樹の影が並んで伸びる歩道を、自転車を押して歩く。恭介の透き通った、けれど揺るがないあの目が、ずっと心に残っていた。

梶原恭介は特殊な背景を抱えながら、この街で、梶原美里の息子として育った。その環境がこれまで、彼にどのような影響を与えてきたのか、私には想像もつかない。だが今日、彼があの場に同席したのは、好きな絵を描く場所を守るため、それを邪魔する者を排除するためだったのだろうと思う。

石膏像を落下させ、千春を傷つけた人間が学校から追放されるのは時間の問題だった。千春にどう説明するか迷うところだが、もう怖い目に遭うことはないのだと安心させてあげられるのが嬉しかった。

千春が学校に戻れたら、まず最初に梶原恭介に、絵にいたずらしたことを心から謝るように言い聞かせよう。普通の子なら、そうするはずだ。

第五話　Mother Murder

殺風景な白い壁の室内は、空調があまり効いていないのか蒸し暑く感じた。息苦しさに深く息を吐く。テーブルの上で組んだ両手を解《ほど》き、指を曲げ伸ばしした。知らず力が入っていたのか、付け根の辺りがじんと痺《しび》れていた。

ドアの開く音がして顔を上げる。グレーのスウェットの上下を着た男は、私の方へ体を向けると無言で会釈をした。確かめるようにゆっくりとした足取りでこちらへ近づき、向かいの椅子に腰掛ける。

「梶原恭介《かじわらきようすけ》さんですね」

ええ、と答えた声は穏やかだが澄んでいて、静謐《せいひつ》な湖面を思わせた。年齢は私より少し上の三十代半ばのはずだが、二十代と言われても違和感はない。目尻の上がった涼しげな一重《ひとえ》まぶたの目。色の薄い唇は口角が深く切れ込んでいて、無表情なのに微笑《ほほえ》んでいるように見えた。肌は白く、陶製の人形のように滑らかだった。

「初めまして、寺町梨沙《てらまちりさ》さん。いただいたお手紙、読ませていただきました」

深い水の底のような色合いの虹彩《こうさい》は、見つめていると引き込まれそうで、思わず視線を外す。もう一度、大きく息をした。そうとは見えない外見に惑わされないよう、自分に言い聞かせた。

この男は——梶原恭介は、自身の母親を殺したのだ。

一

どこかでアラームが鳴っている。布団の中から腕を伸ばし、枕元にあるはずのスマートフォンを探した。手に触れるのはシーツと枕と、よく乾かさないまま寝てしまったせいで湿っぽい自分の髪の毛だけだ。諦めて起き上がり、重いまぶたをどうにか持ち上げて周囲を見回す。スマートフォンはベッドから数十センチ離れたカーペットの上に落ちていた。

ずり落ちるようにベッドを降りるとアラームを切る。七時半だ。四時間しか眠れていないが、起きて出かける準備をしなくてはいけない。今日は午前中に横浜《よこはま》まで出向いて作家にインタビューをすることになっていた。編集長の秋月政博《あきづきまさひろ》に振られた仕事で、ミステリー小説など興味はないと言ったのに他に書ける人がいないからと頼み込まれたのだ。

メールをチェックすると、昨晩送った記事原稿に早くも修正の指示が届いていた。それほど大きな直しはなく、これなら行きの電車の中で片づけられそうだ。顔を洗うと化粧をして髪を整え、相手が作家なので落ち着いた色のパンツにシャツブラウスを合わせてジャケットを羽織る。所要時間三十分で身支度を終えて朝食代わりの栄養ゼリー飲料を飲み干し、マンションを出た。

自宅から新宿にある編集部のオフィスまでは中央線で十五分程度だが、横浜まで行くとなると乗り換えの時間を含めて一時間は掛かる。梅雨時ということもあって傘を持っている乗客が多く、車内は普段より混んでいた。片手で吊革《つりかわ》を摑《つか》んだままスマートフォンの文書作成アプリで原稿の修正を終えてファイルを送信すると、今度はこれから会う作家のプロフィールと作品名をおさらいする。
まだデビューしたばかりの作家で、話題となっているその長編ミステリーを必ず読むようにと秋月からは言われていた。だが雪に閉ざされた山荘に集められた奇矯な登場人物たちのやり取りがどうにも肌に合わず、あらすじが最後まで書き込まれているサイトを見つけてそちらを頭に入れておいた。

事前に質問内容を送っておいたおかげか、新人ミステリー作家へのインタビューは滞りなく進み、こちらが第一章の途中で読むのをやめたことも隠しおおせた。

「子供の頃からずっと、小説家になるのが夢だったんです。就職してからもなんとか時間を作って書き続けて、五回目の投稿でやっとデビューできました。自分の書いた本が本屋さんに並んでいるのを見た時は、感動しちゃって」

私より五歳若い女性作家は目を輝かせてそう語った。都内の国立大学を卒業し大手飲料メーカーで働く彼女は、会社を辞めて専業作家になるべきか否かで迷っているという。

「編集さんは、まだ辞めない方がいいって言うんですよね。二作目が売れてから考えなさいって。確かに私レベルの才能じゃ、筆一本で食べていけるか分からないですし」

優等生らしく謙遜《けんそん》しながらも、その執筆中だという二作目の小説について尋ねると、鼻の穴を膨らませて身を乗り出した。「これは書かないでほしいんですけど、叙述トリックに挑戦しようと思っていて」と、記事にできない次回作の内容を延々と聞かされた。

インタビューを終えたのは昼前だったが、朝食が軽かったので横浜駅地下街のタイ料理店で早めの昼食をとる。ガパオとグリーンカレーのセットを食べ終えて、食後に頼んだジャスミンティーに口をつけながら秋月にメッセージを打った。

《作家さんへのインタビュー終わりました。横浜まで来たついでに、梶原恭介の自宅周辺を取材して帰ります》

私が契約ライターとして記事を寄せる『Find』は、二十代から五十代の幅広い層をターゲットに日々の最新ニュースや生活情報を届けるWEBメディアだ。編集長の秋月は以前は出版社で雑誌編集の仕事をしていたが、四十代で退職し、付き合いのあった編集者やライターとともにニュースサイトの制作会社を起《た》ち上げた。

これまで『Find』では、主に人気グルメスポットやおすすめ映画、話題のコスメなどの女性向けの記事を担当してきた。その私が梶原恭介の事件について取材し、連載記事を書かせてほしいと言い出したのだから、秋月も戸惑ったことだろう。

「梨沙ちゃんには、そういうのはちょっと合わないんじゃないかな。それにほら、梶原恭介のファンに叩《たた》かれるかもしれないよ」

渋い顔をされたが、どうしてもと懇願し、ついに秋月の了承を得られた。この連載企画は私にとって、初めて自分の名前で本を出すことができるかもしれない重要なチャンスだった。

梶原恭介の事件に興味を持ったのは、二年前の事件報道から大分あとのことだ。だがその頃に毎日のようにワイドショーで取り上げられていたのは記憶していた。横浜市内の住宅で長年引きこもりの状況にあった三十代の男が、自身の母親を殺害し、その死体を自宅近くの竹林に遺棄していた。

長年放置されていたその土地が造成されることになり、白骨化した遺体が掘り起こされたことで事件が発覚したのだった。

引きこもりが社会問題となっている昨今に、その当事者が殺人死体遺棄という重大な犯罪を起こしたというニュースは、犯人の男が意外にも端整な顔立ちをしていたこと、彼の抱える悲劇的な境遇や、のちにある筋から発覚した特殊な家庭環境のこともあって当時のマスコミやネット界隈《かいわい》を賑《にぎ》わせた。

ワイドショーなどでは《引きこもり王子》という奇妙な愛称までつけて、連日のように梶原恭介の中学の卒業アルバムの写真や、彼が警察車両に乗せられた時の映像を流した。その微笑んでいるかに見える謎めいた表情に魅了されたのか、若い女性を中心に、彼のファンサイトまでできるほどの人気ぶりだった。

事件そのものは月日が経《た》つとともに世間の興味を失っていったが、それから一年近くが過ぎた頃、ライター仲間との飲み会の席でその後の梶原恭介についての噂《うわさ》を聞いた。彼は母親の殺害については自分がやったと認め、殺害方法やどうやって遺棄したかなどを詳しく供述したものの、公判が始まっても殺害の動機だけは黙秘しているというのだ。

「《引きこもり王子》っていまだにファンの掲示板の書き込みも盛り上がってるし、記事にすれば絶対ページビュー稼げるんだよね。けど裁判傍聴しても新しい事実は出ないし、本人に手紙書いて頼んでも、取材に応じることはないらしくてさ」

主にニュースサイトを中心に記事を書いている男性のライターがそんな話をすると、なぜ梶原恭介は殺害動機を語ろうとしないのか、その場で様々な憶測が飛び交った。

「きっと誰にも言いたくないような理由なんじゃないの。本人もトラウマになってるとか」

「いや、実は真犯人が別にいて、そいつを庇《かば》ってるんだったりして。あそこの家、他に一緒に住んでる家族はいなかったっけ？　兄弟とか、父親とか」

「父親はかなり前に離婚してるはずだよ。養育費はもらわずに、恭介も引きこもりだけどパソコン使った音声入力かなんかの仕事して家計を助けてたらしいじゃん。その話でまたファンが増えたんだよな」

酒の席のことで、「女性記者だったら返事が来るかも」などと言い出す者がいて、私が試しに一度手紙を書いてみることになった。当然返事は来なかったし、ライター仲間たちにもそう報告した。だが私は梶原恭介に取材することを、簡単には諦められずにいた。

山形から上京して都内の大学を卒業後、マスコミへの就職に失敗した私は、地元には帰らず書店でアルバイトを始めた。そして店を訪れた困ったお客の話や、おすすめの書籍などを個人のブログで記事にするようになった。文章を書くことは昔から好きだったし、そうすることで就職活動中、出版社や編集プロダクションなど何十社という企業から不採用を突きつけられるうちに失われていった自己肯定感を取り戻したかったのかもしれない。

無名の書店員のブログにしては文章が上手だとか、切り口が面白いと評価され、そこそこのアクセス数を稼ぐことができた。ブログのランキングで常に上位に入るようになった頃、当時から『Find』の編集長として名前を知っていた秋月から、初めて記事の執筆の依頼を受けた。

「内容はいいんだけど、あまり知られていないビジネス書があってね。それを読んで、できたらそちらのブログで記事にしてもらえないかと思って。あなたのブログは人気があるから、出版社の営業さんがぜひにと言ってるんですよ」

今思えばステルスマーケティングに近い依頼だったのだろう。だがそんな言葉すら知らなかった私は、大手メディアの編集長から直々に連絡をもらえたこと、書いた文章に対して報酬が支払われるということに有頂天になった。

何度かそういった記事の執筆を頼まれて請け負ううちに、ブログではなく秋月が運営する『Find』にも記事を掲載してもらえるようになった。その頃『Find』は女性読者を増やそうとしていたようで、女性の書き手が求められたらしい。それからは自分で営業をかけて別の情報サイトにも記事を寄稿し、三年前、三十歳を前にして書店でのアルバイトを辞め、フリーのライターとして食べていけるようになったのだ。

月に何本の記事が書けるか、採用されるかで収入が変わるので安定した生活とは言えないが、たまに記事にコメントがついたり、SNSで感想をもらえることが最初のうちは嬉《うれ》しくてたまらなかった。だが経験を重ねるうちに、同年代のライターたちがそれぞれ自分の得意分野を持ち、自身の名刺代わりとなるような単著を出していることに劣等感を抱き始めた。

そうして活躍する彼らは、いくつもの企画を立てては出版社やWEBニュースの会社に持ち込み、編集者たちとしょっちゅう飲みに行っては自分を売り込んでいた。そうした自己アピールが不得手で就職にも失敗した私は、そんなふうに振る舞える彼らが妬《ねた》ましかった。そしてこのままではいけないと焦り始めた。

今のように読み捨てられる記事を書き続けていても先はない。自分の仕事を形として残したい。それでようやく、書籍としてまとめられるような連載記事の企画を立ててみようと思い立った。そんな折に梶原恭介の事件について、殺害動機がいまだ明かされていないという話を聞いたのだ。

「《引きこもり王子》の事件だったら女性読者も興味を持ってくれると思うんです。そこで他社が摑んでいないような情報を出すことができれば、きっと話題になりますよ。連載タイトルは『Mother Murder』なんてどうでしょう」

秋月に必死に訴えてどうにか企画を通すと、私はもう一度、梶原恭介にどうか話を聞かせてほしいと手紙を書いた。了承してもらえるまで、何度でも送るつもりだった。そして四通目の手紙に、ついに返信をもらえた。

《なぜ僕があの人を殺したのか。その理由を知っているならお会いします》

不可解な返答だった。まさにその理由こそが、私が梶原恭介と面会して聞き出したいことなのだ。からかわれたのかとも思ったが、そのために手間をかけて手紙を送ってきたりはしないだろう。きっと何か意味があるのだと信じ、この短い返信から、彼の意図を汲《く》み取ろうと考え続けた。そして一つの結論が出た。

おそらく梶原恭介は、彼が母親を殺害した動機を探り当てた者だけに、自らの言葉で事件の真相を語るつもりなのではないだろうか。あの事件には警察の捜査で明らかになったことの他に、何か隠された裏があるのだ。

彼にはそれを話す意思がある。そしてその真相を聞くべき相手を求めている。梶原恭介からの返信は、自身のキャリアに行き詰まりを感じていた私にとって、一縷《いちる》の希望だった。周囲からは彼に返事をもらえたという話は聞こえてこない。その時点で私は一歩先にいる。なんとしても梶原恭介の問いへの答えを見つけてみせる。そう心に決めて私は事件が起きた彼の自宅のある横浜市内の住宅地へと向かった。

現場となった一軒家は、二年前にワイドショーの映像で見たのと同じ佇《たたず》まいで今もそこにあった。落書きをされたり、どこか壊されているといった様子はないが、この傷み具合からすると相当な築年数だろう。水色のモルタルの外壁はあちこちに亀裂が入り、窓や雨樋《あまどい》の下にはカビと汚れが黒い筋になっている。青い屋根は色が褪《あ》せ、粉を吹いているように見えた。

門扉の片方が外れてしまっているが、蝶番《ちょうつがい》の錆《さ》びや傷み具合からすると事件後にいたずらされたのではなく以前からだろう。一階と二階にそれぞれある窓はどれも雨戸が閉じられ、元は白かったであろう雨戸は緑の苔《こけ》でまだらになっていた。

道路を挟んだ向かいにある空き地から、二階の窓を見上げた。あそこが梶原恭介の部屋だろうか。目を凝らすと、雨戸に少しだけ隙間が空いているように思える。あの隙間から彼が息を殺してこちらを見ていたら、とありえないことを想像し、寒気を覚えた。

時刻は昼の一時過ぎだった。今日訪れた目的は、近隣の住人から梶原恭介について話を聞くことだ。まずは梶原家と負けず劣らず古びた左隣の住宅へと近づいたが、門柱に表札を外した跡があり、どうやら空き家らしいと分かった。向かいは空き地なので、反対側の右隣の家へと向かう。こちらはいくらか新しい、白い外壁に赤い洋瓦の屋根の南欧風の家だった。《佐保《さほ》》と彫られた表札の下のインターホンを押す。ほどなく女性の声で返事があった。

「突然お邪魔して申しわけありません。私《わたくし》、フリーの記者をしておりまして、お隣で起きた殺人死体遺棄事件のことでご近所の方に取材をさせていただいてるんですが、よろしければお話を伺えないでしょうか」

すぐには反応がなかった。ややあって「今行きます」と硬い声がして、ドアが開けられる。顔を出したのは私と同年代と思われる細身の女性だった。

「娘が昼寝をしているもので、手短にお願いしたいんですけど」

足元に目をやると幼稚園児サイズの薄い紫色のスニーカーが、母親のものらしいサンダルの隣に揃《そろ》えて置かれている。男物の靴はないので、父親は仕事に出ているのだろう。

「それで、どんなことを聞きたいんですか」

おそらく彼女は事件後、何度か似たような取材を受けているのだろう。ちらちらと娘が寝ているらしい奥の部屋の方を気にしながら、急《せ》かすように小声で尋ねてくる。

「お隣の息子さん——梶原恭介さんは長年引きこもりだったそうですが、佐保さんは顔を合わせたことはありますか」

「いいえ、一度もないです。パトカーが来た時も、娘が怖がるので様子を見に出たりはしなくて。そのあとのニュースで初めて、テレビ画面越しに顔を見ました」

梶原恭介はほとんど自室から出ることがなかったと聞いていたが、間違いなかったようだ。ならばと切り口を変える。

「梶原美里《みさと》さんの方とはお隣同士ですし、お付き合いがありましたよね。事件後に明らかになったあの秘密について、佐保さんはご存じでしたか」

この質問で女性の顔色が変わった。怯《おび》えたように隣家に目をやると口ごもる。

「いえ——お隣とはほとんど関わりはありませんでしたし、うちは子供が生まれたあとに越してきたので、そういう噂も聞いたことがなくて。週刊誌で知って、とても驚きました」

消え入りそうな声で答えると、「すみませんけど、娘が起きてしまうので」としきりにドアの方を振り返り、話を打ち切ろうとする。

「申しわけありません。もう一つだけ——梶原恭介さんがお母様を殺してしまった理由に、お心当たりはありませんか」

何か手がかりが得られればと尋ねただけで、きちんとした答えがもらえるとは思っていなかった。だが女性は不意に糸が切れたように表情をなくすと、確かな口調で答えた。

「信頼していた家族から、裏切られたと気づいたんじゃないでしょうか。そんなことでもなければ、殺そうとはしないと思います」

女性の家を出たあとも近所の家を二十軒ほど訪ねて回ったが、留守だったりインターホン越しに断られたりで、話を聞けたのはわずか数軒だった。その住人にしても、梶原家は以前から周囲との付き合いをほとんど絶っていたらしく、あまり詳しいことは知らないようだった。

一つだけ近隣の住人から得られた情報として、梶原恭介が生まれて間もない頃からあの家で、梶原美里の母親の吉岡睦子《よしおかむつこ》が同居を始めたらしい。美里の父親である睦子の夫が早くに病死したということは私も調べてあった。睦子は背が低くずんぐりした体格で美里とよく似ており、娘と同様、近所付き合いはしていなかったという。同居から十数年が過ぎて、しばらく姿を見ないと思った頃にはすでに亡くなっていたと知って驚いたそうだ。

大体の聞き込みを終えた時には午後三時を回っていた。この取材の他にも、今日は六時から映画の試写会の予定が入っている。夕方には雨になるという予報が出ていたので、降り出さないうちにそろそろ会場に向かおうとした時、秋月から着信があった。

「情報提供があってね。梶原美里の夫について話を聞かせてくれるって人がいるんだけど、明日にでも取材に行けるかな」

梶原美里の夫はかなり以前に離婚して家を出たとのことで、その後どこでどう暮らしているのか、近隣の住人への聞き込みでは誰も知る人はいなかった。スケジュールを確認すると、特に打ち合わせなど時間を拘束される予定は入っていない。

何時でも大丈夫だと答え、今日の結果を報告した。あまり有益な情報は得られなかったが、取材はまだ始まったばかりだ。明日はきっと、何か手がかりになることが聞けると期待しよう。

「じゃあ、先方にはそう返事をしておく。時間が決まったらまた連絡するから」

「待って。もう一つ、報告があるの」

電話を切ろうとした秋月に慌てて呼びかけた。言うなら早い方がいいだろう。

「昨日、産婦人科を受診してきたの。やっぱりできてた。妊娠六週だって」

二

秋月に妻子がいることは分かっていたし、深い関係になるつもりはなかった。

秋月の運営する『Find』で記事を書くようになってから四年。たまに食事に誘われ、寄稿した記事にアドバイスをされたり、出版業界の話を聞かせてもらったりしたが、仕事の延長のような付き合いだった。私の方に恋人はいなかったものの、既婚者である上に一回り以上も年上の彼は、恋愛対象とはならなかった。

秋月との関係に変化が起きたのは一年前のことだ。ある男性ミュージシャンについて私が書いた記事に、彼のファンからの批判が多数寄せられた。そのミュージシャンは公《おおやけ》にはしていなかったがある疾患のために闘病中で、それを知らずに彼の外見の変化に言及してしまった。事前にきちんと調べていれば分かったはずだったが、急ぎで頼まれた案件で、プロフィールしか確認せずに記事を書いたのだ。SNSには「彼に土下座して謝れ」、「もう二度と文章を書くな」といったメッセージが何十件と届き、あまりの反響に恐怖すら覚えた。

その時、私に代わって『Find』のトップページに真摯《しんし》な謝罪文を掲載してくれたのが編集長の秋月だった。

最終的に原稿を校了としたのは編集デスクだったが、秋月はすべての責任は編集長の自分にあるとして音楽プロダクションに謝罪に出向き、ミュージシャンが直接、この件について気にしていないとコメントを出してくれたことで騒ぎは収束した。

「この件で梨沙ちゃんにライターとして成長してもらえたら、それでいいんだ。今後は相手に敬意を持って記事を書くようにね」

契約を解除されると思っていたが、秋月はそんなふうに優しく励ましてくれた。それから彼に特別な思いを抱くようになった。そのあとしばらくして、取材先の都合で帰りが深夜になった日に、秋月が自分の車で送ると言ってくれた。車に疎い私でも知っている高級外車だったが、後部座席にはジュニアシートと子供向けアニメのＤＶＤが置かれていて微笑ましかった。マンション前で降ろしてもらった時、もう少しだけ一緒にいたくて、コーヒーを飲んで行きませんかと私から誘った。

男女の関係となってからも、そこから先へ進もうとは考えていなかった。秋月は尊敬できて頼れる男性であり、仕事の請負先でもある大切な存在だ。彼の家庭を壊してまで自分のものにしたいなどとは思わなかった。

その一種の安寧を保った状態が、妊娠が分かったことで崩れてしまった。

市販の検査薬で陽性反応が出た時点で秋月に話すと、まずは産婦人科を受診するようにと言われた。エコー検査で胎嚢《たいのう》を確認し、プリントしたその画像を渡された日の夜は、これからどうするべきかと思い悩み、なかなか寝つくことができなかった。

今の状況では、子供を産んで育てていくことは難しい。だが堕胎するという選択は、簡単にできるものではなかった。

産むとなれば秋月に認知だけをしてもらい、シングルマザーとして子供を育てることになるのだろう。高級外車を買うだけの金銭的余裕があるのならば、養育費を出してもらえるかもしれない。だが不安は金銭面だけではない。覚悟ができないということが、一番の問題だった。

結婚をせず子供を産むということが、いくら考えても他人事《ひとごと》のように感じられて、現実だと受け止められない。かといって手術を受けることを想像すると、体の奥底から強烈な忌避の感情が湧き上がり、涙があふれた。

自分の中に宿った命を、どうすることが正解なのか。秋月はきっと堕胎することを望んでいるだろう。それが誰にも迷惑をかけない、最も妥当な結論だということは頭では分かっている。だが決断できなかった。


秋月に受診結果を伝えた翌日。私は予定どおり取材のため、再び横浜を訪れた。情報提供者とは横浜駅東口の商業施設の中にあるカフェで待ち合わせた。現れたのは私と同世代と見える、ショートカットの快活そうな女性だった。

「小川香澄《おがわかすみ》といいます。梶原美里さんが看護助手として働いていた病院で、看護師をしています」

そう名乗られてなるほどと思う。テーブルに置かれた手は爪が短く切られていて、指輪などのアクセサリーもつけていなかった。

「梶原さんと一番親しくしていたのは、私ではなくて同じ看護助手だった人なんです。けれど彼女、事件のことがショックだったのか、あのあと急に病院を辞めてしまって。なので今日お話しすることは、その辞めた人から聞いたことの又聞きになってしまうんですけど、それでもいいでしょうか」

小川香澄によると、その看護助手をしていた女性は辞めたあとにどこで働くといった話もなく、現在の連絡先は分からないそうだ。離職後は神奈川県外に引っ越したそうで、新しい住所も聞いていないという。

「それで、梶原美里さんの旦那さんについてご存じのことというのは――」

運ばれてきたコーヒーに口をつけると、本題に入った。香澄はミルクを入れた紅茶をかき回しながら、ゆっくりと話し始める。

「その看護助手の女性――相馬《そうま》さんっていうんですけど、彼女の話では十年近く前、梶原さんの旦那さんの持病が悪化したとかで、通院先を探していたそうなんです。うちの病院じゃ駄目なのかと聞いたら、ここでは診ていないからって。でも、なんの病気なのか聞いても、教えてもらえなかったみたい」

病院の診療科目を尋ねると、整形外科と小児科と内科、循環器科、消化器外科だという答えが返ってきた。それ以外だというだけでは、その持病がなんだったのか予想もできない。

「その時に相馬さんが不思議に感じたのが、梶原さんって旦那さんとは結構前に離婚していたそうなんですよ。息子さん――恭介さんが中学三年生の時だったかな。恭介さんのために苗字を変えないように手続きしてたみたいだけど、だからその時点では元旦那さんだったんですね。それなのに病院を探してあげるなんて、美里さん、ああ見えて優しい人だったんだなって」

香澄は少し寂しそうに笑うと、紅茶のカップに指をかける。梶原美里が夫と離婚していたことは知っていたが、時期までは分かっていなかった。そうすると今から二十年前、恭介が十五歳の頃に離婚していたということになる。

「元旦那さんが現在どこで暮らしておられるか、ご存じないでしょうか」

香澄の年齢からすると、十年前はまだ働いてもいないかもしれない。知らないだろうと思いながらも念のため尋ねる。だが意外にも香澄は、横浜市内のある街の名前を告げた。

「実は事件のあと、美里さんの元旦那さんがうちの病院に来られたんです。病棟の方にも美里さんの荷物を取りに来られて、ご迷惑かけましたって挨拶していかれて。美里さんよりお歳《とし》は結構上みたいだったけど、背が高くてすらっと痩せてて、若い頃はかなりカッコ良かったんじゃないかな。その時に何かあればって、連絡先をいただいたんです。やっぱり夫婦って、別れたからって縁が切れるものではないんですね」

しみじみとした調子でそう言うと、香澄は小さくため息をついた。


梶原美里の元夫である梶原康彦《やすひこ》の自宅マンションは、同じ横浜市内だが梶原家からは電車とバスで四十分もかかる海が近い区にあった。看護師の小川香澄から教わった番号にその日のうちに電話をして、会って話す約束を取りつけた。

最寄りのバス停からナビアプリを使って現地に着き、教えられた二〇三号室を訪ねた。インターホンを押し、しばらく待つと低い声で応答があった。約束した記者だと名乗ると、鍵を外す音がしてドアが開かれる。

「すみませんね、家まで来てもらって。体を悪くして、あまり出歩けないもので」

そう言って背の高い初老の男性は頭を下げた。香澄が話していたように整った顔立ちと言えなくもない。だが生気の感じられないとろんとした目と白髪交じりのぼさぼさに伸びた髪のせいで、どうにもくたびれた印象だった。

どうぞこちらへ、と案内され、壁に手をついて足を擦《す》るように歩く康彦に続いてリビングへ向かった。

「これまでにも週刊誌なんかの記者さんにお話ししてきましたけど、美里にも恭介にも、申しわけなかったと思っていますよ」

二人掛けの小さなダイニングテーブルに向かい合って腰を下ろすと、梶原康彦はそう切り出した。

「けれど恭介とは十何年会っていなくて、美里とも離婚しておりましたので、正直なところ、あの家とは縁が切れているんです。警察から事情を聞かれたりもしましたけど、何も答えられなくて」

目を伏せたまま言いわけのように言うと、口をつぐんでしまった。申しわけないという言葉とは裏腹な、自分は無関係だと言いたげな態度に腹が立ち、食い下がった。

「でも美里さんとは離婚後も繋《つな》がりがあったんですよね。だってご病気を悪くされて、彼女にどこの病院を受診するか相談されたんでしょう」

康彦はどうしてそんなことを知っているのかというように驚いた顔になる。私が美里の元同僚から聞いたのだと話すと、あっさりと認めた。

「あの時は、他に相談できる相手もいなくて、仕方がなかったんです。だけど事件については本当に、何も知りません」

「事件のことでなくても構いません。例えば、恭介さんがなぜ実のお母様を手にかけたのか。動機に心当たりはありませんか」

その問いかけに、康彦は即座に首を振った。

「家のことは美里に任せていて、どうしてあんなことが起きたのか、まったく分かりません。恭介も元々、僕には懐いていなかったし、学校に行かなくなってからは話もしなくなってしまって。それからしばらくして、僕は家を出たものですから」

途端に焦った口調になると、落ち着きなくそわそわと身じろぎする。

「分かりました。では一つだけ教えてください。なぜ梶原美里さんと離婚することになったのでしょうか。性格の不一致などという曖昧な答えでなく、なるべく具体的にお話し願えますか」

康彦は私の質問に、息を呑《の》んだ様子で黙り込んだ。そんなことを聞かれるとは予想していなかったのだろう。答えあぐねているように目を泳がせ、額に浮いた汗を手の甲で拭う。そして視線を合わせないまま、ようやく口を開いた。

「美里の母親の睦子が、別れろと言ったんです。僕があの家に、災いをもたらしていると言い張って」

かすれた声で漏らした言葉に、呆然《ぼうぜん》と相手の顔を見つめた。その表情からは、これまでになかった強い感情の起伏が読み取れた。口元が引き攣《つ》れたように歪《ゆが》み、笑っているようにも、憤っているようにも見えた。

「美里は、母親には逆らえませんでしたから。散々広まったようですし、あなたも美里が高校生の時に起こした事件のことは知っているでしょう。自分の産んだ子を殺して捨てたというのは、母親に命令されてやったことなんです。私と結婚したあとも、美里はずっと母親の言いなりだった。そのせいであの家はおかしくなっていった。美里はね、空っぽの人間なんです。あの母親に、空っぽにされたんです。だから——」

憑《つ》かれたように捲《まく》し立てると、突然言葉を切った。そしてすべてを諦めたような、あのとろんとした目で私を見た。

「恭介に殺してもらえて、美里は救われたでしょうね」

なんの感情も浮かんでいない虚《うつ》ろな顔でそう言い切ると、お話しできることはこれだけです、と話を打ち切った。

三

「困るよ。この記事の内容と全然関係ないじゃないか」

スマートフォンの画面に表示させた映画のレビュー記事を指差し、秋月は眉根を寄せた。私の書いた記事だった。末尾の執筆者のプロフィールのところに《梶原恭介の事件のルポルタージュを執筆中。情報提供お願いします》という一文が加えてある。編集長のチェックは記事の本文だけで、担当編集者も普段あまり変更することのないライターのプロフィールには無頓着だったのか、昨日の更新の際にそのまま掲載されたのだ。

梶原美里は高校生の頃に自身の産んだ赤ん坊を殺害して遺棄するという重大事件を起こしていたらしい。そんな嘘《うそ》か本当か分からない記事をネットで目にした。未成年者が起こした事件なら名前は出なかったはずだ。その時は注目を集めるためのフェイク記事だろうと思った。

記事を掲載したＷＥＢ媒体に問い合わせたところでネタ元は教えてもらえないだろう。だが梶原家の過去の秘密を知っていて情報提供をした人物がいるのなら、ぜひ取材をしたかった。それでなんとかその人物にコンタクトを取る方法はないかと考えたのだ。

秋月はスマートフォンをテーブルに置くと、水滴のついたアイスコーヒーのグラスを苛立《いらだ》たしげに端に寄せた。今後のことを話すために仕事のあとにこのカフェで待ち合わせたのだが、秋月は注文した飲み物が届くなり口もつけずに私がしたことへの非難を始めた。

「執筆中なのは事実ですし、プロフィールに何を書いたって自由じゃないですか。他のライターさんだって、自分の著書の宣伝とかしてるでしょう」

反論すると、秋月は面倒そうにため息をつく。良いアイデアだと思ってやったことを受け入れてもらえず、私はむきになっていた。

「実際『Find』宛に、情報があるって人から連絡が来たんでしょう」

「ガセかもしれないのに、確認しないで君に繋ぐことはできないだろう。その人たちといちいちやり取りするのは誰だと思ってるんだ」

「そんなにたくさんメールが来たんですか」

驚いて尋ねた。反応があるとしても、せいぜい一人や二人だろうと思っていた。秋月は苦い顔でうなずく。

「その記事のリンクが、梶原恭介のファンが書き込みしている掲示板に貼られたらしい。賛否は分かれてたみたいだけど、かなりの反響があったよ。その中に、本当に関係者らしい人物からの問い合わせがあった」

言いながら秋月がスマートフォンのメールを転送してきたので、慌ててその場で確認する。

「この人――梶原恭介の中学時代の同級生ですか」

「ああ。テレビ局に卒業アルバムを提供したって、自慢げに書いてあるな」

秋月はこの情報提供者に対して、あまり良い印象を持っていないようだ。

「梶原恭介は中学二年の頃に不登校になっていて、ほとんど交流のあるクラスメイトはいなかった。でも、このメールの送り主は部活が一緒だったとかで、個人的な付き合いもあったと言っている」

「城戸《きど》千春《ちはる》という名前からすると、女性ですよね。もしかして梶原恭介の当時の彼女だったりするのかな」

考え込んでいると、秋月は「さあね」と投げやりに言って腕を組む。

「それより、話さなきゃいけないことがあるだろう。君は、どうしたいんだ」

秋月に問われ、顔を上げた。これまで見たことのない、冷たく突き刺さるような眼差《まなざ》しだった。

思わず視線を落とし、自分の腹部をぼんやりと見つめる。

私は一体どうしたいのだろう。どうするべきなのだろう。そのことを考えなくて済むように、決断をしなくて済むように、梶原恭介の事件にのめり込んでいたのかもしれない。

「この状況で、産めるとは思ってないよ」

そう言って彼を見返した。その答えを聞いて安堵《あんど》したのだろう。秋月の表情が少し柔らかくなる。産めるとは思えない。それは正直な気持ちだった。だが——。

「でも、今はまだ決断できない。頭では分かっているんだけど、それでいいのかって悩んでる。決心がつくまで、もうちょっとだけ考えさせて」

胎嚢の中で点滅しているかに見えた心臓の拍動が思い浮かんだ。診察室のモニターに映るエコーの画像を眺めながら、あの楕円形《だえんけい》の白いものが、私の授かった命だという実感は湧かなかった。

産婦人科医から出産を望むかと尋ねられた時、相談してから決めたいと答えると、年配の女性医師は淡々と、中絶手術をするのならば五週間以内に手術の予約を入れてほしいと告げた。私は秋月に医師の言葉を伝え、まだ一か月は考える猶予があること、このようなことは初めての経験で、簡単には結論が出せないということを話した。秋月は静かに聞いていたが、納得したようにうなずくと口を開いた。

「梨沙ちゃんの体のことだから、ゆっくり考えて決めたらいいよ」

穏やかな声音で発せられた言葉に、頭を殴られたような感覚がした。彼がそれを、本心から言っているのだと分かった。

秋月にとって私の妊娠は、私の体の中だけで起きていることで、自分には関わりのないことなのだ。その時にはっきりと、子供を産み、秋月の協力を得て育てていく未来などあり得ないのだと思い知った。

「じゃあ、気持ちが決まったら連絡して。僕が書かなきゃいけない書類もあるだろうし、もちろん費用は全額出すつもりだから」

あとは私が決断するだけなのだ。飲み物を残したまま伝票を取り、秋月が席を立つのを呆然と見送った。心と体が乖離《かいり》したように、悲しくもないのに涙がこぼれた。


城戸千春の希望で、横浜駅から根岸線《ねぎし》で数駅離れた駅前のファミリーレストランで待ち合わせをした。ランチタイムは過ぎていたが、店内にはデザートを食べながらおしゃべりを続ける女性たちやノートパソコンを開いて打ち合わせをしている会社員など数組の客がいた。見回して、奥の席に一人でいる女性客を見つけた。

ジンジャーエールらしきものを飲んでいるその女性に、城戸さんでいらっしゃいますかと声をかける。そうですけど、という返事を受け、『Find』の寺町だと名乗って向かいの席に掛けた。

「早く着いたから、先にドリンクバーだけ注文したの。お昼まだなんだけど、食事も頼んでいい？」

どうぞ、とメニューをそちらに向けて渡しながら、それとなく相手を観察する。年齢は梶原恭介と同級生なのだから三十五歳のはずだ。しかし城戸千春は実年齢よりも大分老けて見えた。化粧をしない主義なのか、ファンデーションを塗っていないので頬や目の周りのしみが目立った。けれど眉は細く整えられている。明るい色に染められた髪は根元が黒くなっていて、スウェット生地のワンピースには細かな毛玉がついていた。

城戸千春はサーロインステーキのセットを、私はドリンクバーとパンケーキを注文する。料理が運ばれてくるまでに取材の趣旨や謝礼、掲載先の媒体についての説明を済ませた。加えて簡単に自分の経歴を話し終えたところで、湯気の立つステーキの鉄板がテーブルに置かれる。

「寺町さんって、結婚してるの？」

切り分けた肉をソースに絡めながら、城戸千春が唐突に尋ねた。取材相手からプライベートについて質問されるとは思わず、うろたえながらもいいえと答える。

「そっか。私、シングルマザーなんだ。三歳の娘がいて、今日は実家に預けてきたの」

先ほどの質問は、自分の話がしたかったからなのだろう。千春は忙《せわ》しなくナイフとフォークを動かしながら、子供が生まれても定職に就かなかったという離婚した元夫や、子供を預かってはくれるが育児の方針にいちいち口を出してくる実母への愚痴をひとしきりしゃべり続けた。そしてその愚痴の合間に、スマートフォンをこちらに向けては自分の娘がご飯を食べながら寝てしまった時の写真や、メガネと言いたいのにどうしても「めなげ」になってしまうという動画を嬉々《きき》として見せてくる。

そんな取材相手のマイペースな言動に困惑しながら、胸の奥の傷が開き、じわりと血がにじむような感覚に襲われていた。

千春は自分の置かれた現状に多くの不満を感じているが、その心の内は娘への愛情で満たされている。それに対して私は、そんなにも愛《いと》おしいはずの存在を自ら失おうとしている。そのことを思うと、足元に空いた穴に落ちていくような恐怖を覚えた。取材中に考えることではない。そう言い聞かせても、止まらなかった。

「シングルで仕事と子育てやってくのは色々大変だけど、布団に入って娘の寝顔を見ると全部吹っ飛んじゃう。離婚する時はやっぱり経済的なことが不安だったけど、結局お金なんて、どうにかなる問題だった。大事なものを間違えなくて良かったって思う」

そう話す千春が心から幸せそうで、ますます気持ちが揺らいだ。お金のために、自分の弱さのために、この子を産むことを諦めようとしていた。私は大事なものを間違えているのではないか。テーブルの下で拳を握り締め、情動があふれそうになるのをこらえる。

「――それで、梶原恭介さんの中学時代についてお話しくださるということでしたが」

胸が潰《つぶ》れるような苦しさに耐え、どうにか会話を軌道修正する。千春は鉄板の上のコーンの粒を集めながら、そうそう、と思い出したように語り始めた。

「梶原って、中学二年の二学期までは普通に学校に来てたんだよ。それが急に三学期に入ってから休み始めて」

「何が原因だと思われますか。いじめとか、そういう噂を聞いたことは――」

「ああ、ないない。梶原って友達いなくても平気で過ごしてるタイプだったから。休み時間とか、誰とも話さずに本読んだり、絵を描いてるの。一人でいるのが好きでそうしてる感じだったから、梶原に絡む子はいなかったよ」

「梶原恭介さんは、絵を描くのが好きだったんですよね。中学時代は美術部に所属していたと聞いています」

「そう。私は美術部で梶原と一緒だったんだ。それでちょっと、個人的な付き合いもあって、梶原の家に行ったことがあるの」

「それはつまり、彼と中学時代に恋人としてお付き合いされていたということですか」

濁すような言い方が気になって確認すると、千春は違う、そうじゃなくて、と慌てて手を振った。

「私、部活中に梶原とちょっとトラブルになって、母親に謝りに行けって言われて」

気まずそうに笑ってドリンクバーのグラスに口をつけると、千春はその時のことを話し始めた。

「その日、学校が終わってから梶原の家に行ったの。インターホン押したら梶原が出てきたから、きちんと謝って、母親に持たされたお菓子を渡したんだ。そうしたら梶原が上がっていくかって言うから、ちょっと興味もあったし、家の中に入ったの」

梶原恭介は城戸千春をリビングに通すと麦茶を出してくれたという。

「なんか余計なものとか全然置いてない、凄《すご》く片づいた部屋で、びっくりしちゃった。梶原があんまりしゃべらないから、私ばかりしゃべってたんだ。どこの高校に行くつもりかとか、高校でも美術部に入るの、とか。梶原は美大を目指したいって言ってた。将来的には絵を描く仕事がしたいんだって。それ聞いた時は、梶原なら絶対受かるだろうなって思ったよ。梶原、本当に絵が上手《うま》かったから」

しかしその夢は残酷な形で絶たれた。彼は不登校となって自室に引きこもり、ついには実の母親を殺すこととなった。何がそうまで彼の運命を狂わせたのだろう。

「色んなこと話して、一時間くらい梶原の家にいたと思う。そろそろ帰ろうとした時に、トイレを借りたんだよね。廊下を出て奥のドアだって教えられて、そっちに向かう途中で、二階から変な物音がしたの」

物音って、と尋ねると、千春はその時のことを思い出したのか、気味悪そうに眉をひそめた。

「どんどん、どんどんって壁を叩いているような音。どこかの部屋に閉じ込められた人が、出してくれって内側から叩いているみたいに聞こえた。その音が、ずっとしていたの」

四

梶原家の近隣住民への聞き取りと梶原美里の元同僚の看護師の小川香澄への取材内容をまとめ、『Mother Murder』の連載第一回となる記事を完成させた。そして梶原美里の元夫の康彦と梶原恭介の同級生だった城戸千春への取材を終えたタイミングで、その記事が公開となった。

新たな情報提供者から連絡が入ったのは、梶原康彦と城戸千春から聞き取った内容を記事に書き起こしている時だった。

「これはちょっとやめておいた方がいいと思うんだけど、一応、君に宛てて届いたメールだから確認だけしてくれるかな」

そう前置きして秋月が転送してきたのは、霊能者と名乗る人物からのメールだった。

《梶原恭介さんの起こした事件は、ある因縁によるものです。私は以前、その件で梶原美里さんから依頼を受け、相談に乗っていました》

殺人死体遺棄事件のルポルタージュのために霊能者に取材をするなど、まったく論外だ。だがこの人物が梶原美里の相談に乗っていた、という一文が気になった。

差出人の名前は神前寺伽弥子《しんぜんじかやこ》と記されている。その名前で検索してみると、関東霊能者協会のサイトが引っかかった。そんな団体が存在することも知らなかったが、神前寺伽弥子はきちんと協会から認められ、霊能者として活動しているらしい。プロフィールには連絡先も記載されていて、有料で個別の相談に応じているようだ。念のため、悪徳業者を告発するサイトなどでも彼女の名前を検索したが、被害にあったという報告はない。

「話を聞いてみるだけなら、会ってもいいかなと思います。私から連絡を取ってみます」

秋月は信じられないという顔になったが、情報を得られる可能性があるなら会うべきだと考えた。梶原家について話を聞きたいとメールを送ると、渋谷のオフィスで面会に応じると返信が来た。二日後の午後にアポイントを取り、教えられた住所へと向かった。

道玄坂《どうげんざか》を十分近く登り続けて飲食店がまばらになると、マンションやオフィスビルが並ぶ一画に出た。神前寺伽弥子のオフィスは、両隣のビルに潰されるように挟まれた細長い形の雑居ビルの四階にあった。

なんとなく変な臭いのするエレベーターで四階に昇り、一つしかないドアのインターホンを押す。金属製のドアには《神前寺伽弥子事務所》と明朝体のフォントで彫られたプレートが掛けられていた。

「お約束いただいた寺町梨沙様ですね。どうぞ」

ほどなくドアが開き、愛想のない若い男が顔を出す。黒っぽいスーツを着た男は大柄な体で窮《きゅう》屈《くつ》そうに振り返ると、狭い廊下の奥を手で示した。同じく狭い玄関で苦労してパンプスを脱いで揃え、スリッパに履き替えると男のあとについて廊下を進む。男は突き当たりのガラスドアを開け、寺町様がお見えです、と声をかけた。

「ようこそお越しくださいました。どうぞこちらにお掛けください」

建物の外観と同じく細長い形をしているが、それでも六帖《じょう》ほどの広さはありそうだ。入り口の左手の壁には天井までの高さのキャビネットが据えられ、何十冊もの分厚い本の他に、書類やファイルなどが収められている。窓際にオフィスデスクが一台、部屋の中央には会議用の長机が一台と、椅子が二脚ずつ向かい合わせに置かれている。その椅子のそばに黒いワンピース姿の女性が一人立っていた。

低い落ち着いた声のわりに見た目は若く、肌の張りからすると二十代半ばといったところか。大きな一重の目はやや厚ぼったいが美人の部類に入るだろう。緩くカールした黒い髪が鎖骨の窪《くぼ》みに落ちている。机を挟んだ女性の向かいに立ち、名乗ってから名刺を渡した。促されて座ると、バッグから取材用のノートを出して広げる。

「神前寺伽弥子です。寺町さんは、梶原家にまつわる因縁について、お知りになりたいということでしたね」

微妙に取材の趣旨と違っている気がするが、ひとまずうなずいた。神前寺伽弥子は入り口の近くに突っ立っている黒スーツの男の方へ顔を向けた。

「こちらは私のアシスタントの戌亥《いぬい》です。戌亥さん、例のものを」

戌亥は私に軽く会釈をすると、背後のキャビネットから茶色の背表紙の百科事典のような本を取り出し、こちらへ運んできた。

机の上に広げられたその本は、古地図というのだろうか、古い地名が手書きで記された地図が見開きで一面に描かれている。北側に山の絵が、その裾野に田んぼか畑と見える緑色に塗られた土地があり、下半分は薄い黄色に塗られた道路で区切られた宅地となっていた。いくつか赤く塗られた区画はお寺や役場など、公共性の高い施設の場所を表しているようだ。

「こちらが梶原家の向かいの土地になります。現在は空き地となっていますね」

言いながら神前寺伽弥子は赤い区画の一つを指差した。先日、現地を取材した時のことを思い起こす。あの道路を挟んだ向かいにあった空き地のことだろう。

「ここには以前、《子殺し》を行った鬼女を祀《まつ》った神社がありました」

唐突に放たれた言葉に驚いて顔を上げると、伽弥子は何を考えているのか読み取れない眠たげな表情で古地図に目を落としている。

「鬼女は子供を産んでは殺す、ということを繰り返していたそうです。自分が産んだ赤ん坊の、小さな鼻と口を塞いで」

恐ろしい情景を思い浮かべ、気づけば自身の腹部に手を当てていた。

「自分で子供を産めなくなると、子供の生まれた家に忍び入って子殺しを続けました。捕らえられて死罪となるまでに、百人もの嬰児《みどりご》が犠牲になったそうです」

言いながら、伽弥子は神社の向かいの土地を指差した。

「この一帯は鬼女に殺された赤子たちを弔うための霊場となっていました。梶原家が建てられたのは、そういう因縁のある土地なんです」

神前寺伽弥子は真顔で語り続けたが、その話し方はどこか暗記した文章を棒読みしているようにも感じられた。その上、内容が鬼女だの因縁だのといった話では、落胆せずにはいられなかった。私は殺人死体遺棄事件のルポルタージュを書くために取材に訪れたのだ。このような陳腐なオカルト話を聞かされたところで、記事にできるはずもない。

この霊能者から何かが得られると思ったのは勘違いだったようだ。だがせっかくここまで来て、なんの収穫もなく帰るのは悔しかった。私は伽弥子の話が途切れるのを待って口を挟んだ。

「ところで神前寺さんは以前、梶原美里さんの相談に乗っておられたそうですね。その際は事件があったあの家に出向かれたんですか」

なぜかそこで神前寺伽弥子は表情を強張《こわば》らせた。ええ、と曖昧な返事をしてうつむくと、机に広げたままの古地図に視線をさまよわせる。

「それはいつ頃のことでしょうか。あの家で何か変わったものを見たり、おかしな物音を聞いたということはありませんでしたか」

唇を震わせた伽弥子は、助けを求めるようにキャビネットのそばに立っている戌亥を振り返った。

戌亥は小さくうなずくと伽弥子に代わって口を開く。

「梶原家を訪問したのは三年前です。私も同行しましたが、特に変わったことはありませんでしたね。ごく普通のお宅でしたよ」

戌亥は無愛想に答えると、その場にかがみ、キャビネットの下段の引き戸を開けた。そして手のひらに載るくらいの大きさの白い布の包みを持ってきた。戌亥がその四角い包みを机に置くと、気を取り直したように伽弥子が顔を上げる。

「寺町さんにご連絡を差し上げたのには、もう一つ理由があります。実は梶原家の因縁にまつわる品を、縁あって私が預かっておりまして、もしかしたらそれが事件の調査に役立つのではないかと思うのです」

「縁あって、というのは？」

これも想定外の質問だったのか、伽弥子の顔に焦りの表情が浮かぶ。

「えーと、子供部屋にいて、気づいたらスーツのポケットに――」

素に戻ったかのようなぞんざいな口調で言いかけた時、隣に立つ戌亥が咳払《せきばら》いをした。

「梶原美里さんご本人から、神前寺先生に持っていてほしいと託されたのです」

割って入った戌亥が、険のある目つきで伽弥子を睨《にら》みながら答える。霊能者とそのアシスタントという二人の関係性に不信感を募らせながらも、聞かなければならないことを尋ねた。

「それで、なんなんですか。この中身は」

「ご確認いただいて構いません。どうぞ」

神前寺伽弥子はそう言って白い包みをこちらへ押しやった。目の前に置かれたそれを、まずは両手で持ち上げてみる。大きさと佇《たたず》まいから、何か貴重な硬貨やメダルといったものが入っているのかと予想したが、それは驚くほど軽かった。結び目を解いて包みを開くと、トランプのケースほどの大きさの白っぽい桐箱が現れた。

開けていいんですよね、と伽弥子に確認してから蓋《ふた》を外した。黒っぽい、干からびた植物の茎のようなものが綿に包まれてそこにあった。これと似たものを子供の頃、母親に見せてもらったことがある。

「臍《へそ》の緒――ですか」

「ええ。蓋の裏に、名前があるでしょう」

伏せて置いた蓋を手に取る。そこには毛筆で『昭和六十一年八月十八日　恭介』と書かれていた。

「梶原恭介のもので、間違いないんでしょうか」

蓋の裏を見つめたまま尋ねると、おそらく、と戌亥が答える。

「意図的にすり替える理由はないと思いますよ」

「どうしてこれが、私の調査に役立つと思われたんですか」

「梶原家には、何か秘密が隠されていると考えておられるのではなかったですか。あなたが公開された記事には、そうありましたが」

戌亥は言いながらこちらへ手を伸ばすと、私が机に置いた蓋を元どおり閉めた。そして桐箱を白布で包み直す。

梶原恭介の臍の緒が手に入れば、確かにこれまでとは別の方法での調査が可能になる。それによって梶原家の秘密に迫ることができるかもしれない。しかし必ずしも有用な結果が得られるとは限らなかった。それにそもそも、これは受け取って大丈夫なものなのだろうか。もしも違法なやり方で梶原家から持ち出されたものだとすれば、私もリスクを負うことになる。

「料金は五十万円です」

あれこれと思い悩んでいた時、唐突に伽弥子が告げた。その高額な料金がなんの対価なのか分からず首を傾げる。

「こちらをお貸しするのに、五十万円いただきます」

続いた伽弥子の言葉に、悩むまでもなかったと笑いそうになる。

「お話になりませんね。とてもお支払いすることはできませんので、失礼します」

私は白紙のままの取材用ノートをバッグに仕舞うと席を立った。

「きっとお役に立ちますよ。気が変わったらまたご連絡ください」

伽弥子の声を背に聞きながら、まっすぐに部屋の出口へ向かった。

編集部に立ち寄ったのは夕方近くだった。取材の結果を報告するつもりだったが、秋月は打ち合わせのあと、会社には戻らずにそのまま帰宅したとのことだった。オフィスには経理担当の女性社員と、私と同じく業務委託されている契約ライターの男性がいるだけだった。

コーヒーショップで買ってきたカフェインレスのソイラテをライターの共用デスクに置くと、ノートパソコンを開く。書きかけとなっていた『Mother Murder』連載第二回の記事の執筆を進めるつもりだったが、画面を見つめたまま指が止まっていた。

梶原恭介が母親を殺した理由が、彼の出生に関係しているのではないかということは、すでに考えていた。自身の生い立ちについて、家族からずっと嘘をつかれていたと知ったのならば、梶原家の隣家の主婦が言ったように、信じていた人に裏切られたと感じ、傷ついたのかもしれない。だがそれが母親を殺害する動機とまでなり得るかは疑問だった。

梶原恭介が虐待されていたという証言はない。むしろ周囲の人の話でも、愛情をかけて育てられていたと聞く。嘘をつかれていたというだけでそこまでの恨みを抱くのは、どうも違和感がある。

そうすると、あの臍の緒から得られる手がかりとはなんなのか。神前寺伽弥子と戌亥は梶原家が何を隠しているのか、摑んでいるのだろうか。彼らの腹の内は分からない。だが五十万円などという法外な金額を要求するということは、それが梶原家の秘密を暴く鍵になると知っているのかもしれない。

秋月は払うべきお金はきちんと支払うが、無駄なお金を使うことはしない。『Find』はWEBメディアの中でも人気の媒体で広告収入もそれなりにあるはずだが、こんな怪しい話に五十万円を支払うことを了承するとは思えなかった。

そんな秋月が、中絶手術の費用はすべて支払うと言ってくれている。皮肉でしかなかった。この事件の真相を記事にして、最終的に本にすることができれば、私は作家としてデビューできる。《引きこもり王子》が母親を殺害した動機が初めて明かされた本が話題にならないはずがない。相当な売れ行きが見込めるだろう。この本の印税が入れば、ノンフィクション作家としての地位を確立できれば、私はお腹の子を一人で産んで育てていくことができるのだ。

ソイラテに口をつけると、取材ノートを開いた。あの臍の緒で、何を証明できるのか。梶原恭介の出生の秘密とはなんなのか。これまでに得た情報から、推測だけでもできないだろうか。関係者から聞き取りをした内容を読み返す。そして数日前の日付の、城戸千春から聞いたある事実に目が留《と》まった。

あの家に誰かが閉じ込められていたかもしれない。二階から「出して」と壁を叩くような物音がしていたと――。

もしも本当にあの家に監禁されていた人物がいたとすれば、それは誰なのか。梶原家に当時住んでいた家族と、関係者のリストを引っ張り出す。一人一人、名前を辿《たど》りながら各々の関係性を加味して検討し、該当するような人物はいないかと考えていた時だった。妄想じみた思いつきが頭をよぎった。

もしかしたら、その監禁されていた人物こそが本物の梶原恭介なのではないか。

これまで梶原恭介だと思われてきたあの端整な顔の男は、彼に成り代わっている別人なのではないだろうか。それに気づいたからこそ、神前寺伽弥子は成り代わりの証拠となる臍の緒を持ち出したのではないか。

常識ではあり得ない想像をしながら、手のひらにじっとりと汗がにじんでいるのに気づいた。

これが梶原家に隠された秘密だとすれば、とんでもないスクープになる。

すぐにでも秋月に電話をしようとスマートフォンを手に取ったところで、思い直した。あの慎重な秋月が、こんな突拍子もない推測を果たして信じるだろうか。許可を取るために頼み込むことを考えてはみたが、説得するのは難しそうだった。

だとすると自分で五十万円を用意しなければならない。

専業のライターとなって三年。食べていけるだけの収入を得られるようにはなったが、マンションの家賃を払い続けるのに精一杯で貯金はほとんどできなかった。『Find』とは業務委託契約なので、消費者金融の限度枠も契約社員やアルバイトと比べて低く設定されるだろう。初回の利用で五十万円も貸し付けてはもらえない。

だが、この機会を逃すわけにはいかない。どうにかして五十万円を用意して、梶原家の秘密を暴く証拠を掴まなければならない。焦りに駆られてオフィスを見回すが、そんな現金が置いてあるはずもなかった。

途方に暮れながら、ふらりと立ち上がった。こんなことはしたくない。でも仕方がないのだと言い聞かせる。残っていたスタッフに挨拶すると、オフィスを出て駅へ向かった。

そして一時間後。私は世田谷《せたがや》区の住宅街にいた。記憶を頼りに街灯のともる路地を進む。以前一度だけ、ホームパーティーに呼ばれて来たことがあった。華やかに飾りつけされたリビングで、地味な顔立ちの奥さんが美味《おい》しい手料理を振る舞ってくれた。可愛《かわい》くおめかしした娘は、携帯ゲーム機で遊んでばかりいた。

やっと見覚えのある一画に出て、ガレージの車を確認した。秋月のもので間違いない。黒い金属製のフェンスに囲まれた、庭のある大きな一軒家。敷地に植えられた庭木が大ぶりの白い花をいくつも咲かせ、レモンに似た清々《すがすが》しい香りを漂わせている。その向こうのレースのカーテンの掛かったリビングの出窓から灯りが漏れていた。

覚悟は決めたはずなのに、こんなことをして許されるのかと迷いが生じる。湧き上がる罪悪感を抑え込み、周囲を窺《うかが》うと、私は静かに歩き出した。

五

梶原恭介に再び手紙を送ったのは、それから三週間後のことだった。そして一週間後に面会を承諾するという返事が届いた。その頃には、中絶するなら手術の予約をと産婦人科医から言われた期限をとっくに過ぎていた。

約束したその日は、朝から霧のような雨が降っていた。殺風景な室内で、濡《ぬ》れて湿っぽくなったバッグを抱え、彼が来るのを待った。

ほどなくドアが開く音がした。そちらへ顔を向けると、グレーのスウェットの上下を着た男が軽く頭を下げた。二年前、何度もニュースやワイドショーで見ていたあの梶原恭介が、手を伸ばせば届くような距離にいた。

ゆっくりとこちらへ歩み寄った彼がテーブルの向かいに座るのを、どことなく現実離れした光景のように捉えていた。初めまして、と穏やかな声で挨拶され、我に返る。

「会っていただけたということは、私が出した答えが正解だったということでしょうか」

まずはそれを確認したかった。私の問いかけに、梶原恭介は表情を変えないまま、ほんの少し首を傾げる。

「それが、まだよく分からなくて。だからあなたとお話をしながら、答え合わせができればと思いました」

そう言ってまっすぐにこちらを向いた。焦点の合わない、どこを見ているのか分からない眼差しに心許《こころもと》ない気持ちになる。

「寺町さんのお手紙には、『梶原恭介が母親を殺した動機は父親にある』とありました」

ええ、とうなずくと、恭介はかすかに笑ったように見えた。

「ずいぶん曖昧な書き方をされると思いましたけど」

「だって、あなたに出した手紙は、あなた以外の人にも読まれるわけでしょう。あまりはっきりした物言いはしない方がいいかと思ったんです」

確かにそうですね、と同意した恭介は、テーブルの上で手を組むとこちらへ身を乗り出す。

「どういうつもりであのようなことを書いたのか、話していただけますか」

「お時間が大丈夫なら。少し長い話になると思います」

白い壁に掛けられた飾り気のない丸い時計は午後二時半を指している。恭介は静かに、どうぞ、と促した。

「実はある人から、恭介さんのＤＮＡが採取可能なものを手に入れたんです」

少し驚いた表情を浮かべたあと、恭介は眉をひそめる。

「その人って、中学の同級生ですか。僕は中学のある時期からほとんど家を出ずに暮らしているんです。そういうものを手に入れることはできないと思うんですが――何かの間違いか、騙《だま》されたのではありませんか」

そう思うのも当然だろう。だが、ここで神前寺伽弥子の話をするわけにはいかない。彼女のアシスタントの戌亥から、臍の緒の入手先については他言しないようにと口止めされていた。

「それは大丈夫だと思います。信頼できる相手ですし、きちんと対価もお支払いしましたから」

「その対価が法外な値段だったり、入手方法に違法行為が絡んでいないことを祈りますよ。あなたのとばっちりで、僕がさらに罪を負わされることになっては迷惑ですから」

恭介が皮肉っぽく笑うのを見て、背中に冷や汗がにじむのを感じた。あの晩、秋月の自宅まで出向いた時のことが思い出される。まだ告発はされていないが、あれは完全な違法行為だった。

秋月の高級外車を写真に収めた上でフリーのメールアドレスを取得し、秋月になりすましてあの車をオークションに出品したのだ。住所や電話番号などの連絡先を『Find』の運営会社のものにしたので、落札者も信用したのだろう。五十万円をはるかに超える代金はすぐに振り込まれた。納車まで一か月は掛かると伝えてあるので、騙されたと気づくのはまだ少し先のはずだ。このことが発覚し、秋月に連絡が行った時点で、私は自分がしたことを白状するつもりだった。

会社の評判を気にする秋月ならば、私を犯罪者として告発することはしない。おそらく相手方との間に入り、この件を上手く収めようとするだろう。秋月との関係は完全にこじれるだろうが、彼が私にしたことを考えればこのくらいはしてもいいはずだ。もし連載を打ち切られることになっても、別の媒体に移ればいいだけだ。これだけのスクープなら、書いてほしいというメディアはいくらでもあるだろう。

その点は安心してください、と平静を装って返すと、話を続ける。

「それを手に入れた上で、あなたのお父様のご自宅に伺いました。調査のためだと事情を説明したら、快く了承して下さって」

「僕の戸籍上の父のところへ行ったんですか」

恭介は「戸籍上」と強調した言い方で、そう質《ただ》した。その顔にはこれまで見せなかった険しい表情が浮かんでいた。

「はい。そこで協力をお願いして、検体となる毛髪をいただいたんです」

協力をお願いしたというのは嘘だ。もう一度追加で取材をしたいと言って部屋に上がり込み、隙を見て梶原康彦の毛髪を採取した。

「それらの検体を検査機関に送って、あなたとお父様に親子関係があるか、調べてもらいました。結果がこちらにあります」

バッグの封筒から厚紙の書類を取り出し、テーブルに置くと読み上げる。

「《梶原康彦は梶原恭介の生物学的父親と判定できる。父権肯定確率九九・九九九九パーセント》

とのことでした」

恭介は凍りついたように動かなかった。重苦しい沈黙の時間が流れる。やがて、うつむいたまま口を開いた。

「――それで、その鑑定結果と、僕があの人を殺害したことが、どのように関係していると考えたのでしょうか」

「私から言わなければいけませんか」

顔を上げた恭介の口元に、ぞっとするような笑みが浮かんでいた。

「当たり前でしょう。そうでなければ、答え合わせにならない」

本当にこの事実を当人に突きつけて良いのだろうか。だが恭介は答え合わせをした上でなければ、自分から話すつもりはないようだ。ためらいながらも私は口を開いた。

「梶原康彦さんが美里さんと離婚したのは、恭介さんが十五歳の時だったそうですね。そしてその前年から、あなたは学校へ行かなくなった。時系列で考えると、この時期に梶原家で何か重大な変化が起きていたのではないかと思いました。そしてそこで、情報提供者が気になる証言をしていたのを思い出したんです。恭介さんが中学二年生の時に自宅を訪問した際に、二階の部屋に誰かが閉じ込められているようだったと」

「その情報提供者には心当たりがありますよ。僕が子供の頃から、うちには滅多に来客はありませんでしたから」

言いながら恭介は少しだけ懐かしそうな表情を浮かべた。

「その閉じ込められていた人物とは誰だったのかを考えていて、何が起きたのか、思い当たったんです。当時、梶原家には梶原美里さんと夫の康彦さん、恭介さん。そして美里さんのお母様の睦子さんが住んでいましたね」

家族の役割や関係性からすれば、この中に監禁された者がいたとは思えなかった。だから当初、私はその四人以外にもう一人、存在を隠されて閉じ込められていた人物がいたのではないかと考えた。そしてその人物こそが本当の梶原恭介だったのではと推理していた。梶原恭介本人の検体は手に入れることができないため、検体を採取可能な関係者と親子鑑定をしてあの臍の緒の正体を探ろうとしたのだが、検査の結果を得た上で再考してみれば、真相はもっと単純な話だったのだ。

「康彦さんは美里さんとの離婚の理由を、美里さんのお母様がそう命じたからだとおっしゃっていました。睦子さんと美里さんは歪な主従関係にあり、美里さんは常に睦子さんの言いなりだったと聞いています。そして睦子さんは康彦さんを、この家に災いをもたらすと断じたそうですね」

「ええ、そんなことを言っていましたね」

相槌《あいづち》を打ちながら眉根を寄せる恭介の表情からは、はっきりと嫌悪の感情が読み取れた。やはり私の考えているとおりのことが起きたのだろう。重い気持ちで口を開く。

「そういった言動からすると、睦子さんは当時、認知症を発症していたのではないでしょうか。二階の一室に閉じ込めていたのは、家族が家を空けている間に睦子さんが徘徊《はいかい》するのを防ぐためではありませんか」

認知症を発症した母親と、その母親の言いなりだった娘。梶原家に起きたのは、この二人の関係が招いた悲劇だったのだ。

「おっしゃるとおりです。当時はまだ五十代でしたから、若年性の認知症と言われたようですね。物忘れや妄想だけでなく徘徊するようになってからは、家族のいない日中は二階の部屋に外から鍵をかけていました」

恭介は淡々と認めると、小さく息をつく。

「それで、そのことがあなたの出した解答にどう関わってくるんですか」

尋ねたあと、恭介は疲れたように首を回した。早く本題に入れと急かされているようだ。お腹に手を当て、気持ちを落ち着けると話を続ける。

「睦子さんは認知症の症状が進むにつれて、正常な判断ができなくなっていった。だからあなたに、それまでずっと秘密にしてきたことを教えてしまった」

そこで言葉を切ると、私は恭介を見据えて告げた。

「あなたはそのために自分が梶原美里さんの息子ではなく、祖母だと思ってきた睦子さんと康彦さんとの間に生まれた子供だということを知ってしまったのではないですか。だからあなたは家族を裏切り、振り回してきた実の母親である睦子さんを殺害したんです」

事件が発覚したあと、引きこもりの青年が重罪を犯したことに加えて話題となったのは、戸籍謄本の内容がリークされたことによって明らかになった彼の驚くべき生い立ちだった。世間的には梶原美里の息子として育てられてきた恭介は、美里の母親の睦子が産んだ子供だった。美里と恭介は親子ではなく、実は姉弟の関係にあったのだ。

ある筋から情報提供を受けたという週刊誌の記事によると、吉岡睦子は父親の欄を空欄にして恭介の出生届を出した上で、彼を梶原康彦と美里夫婦の養子として戸籍に入れさせていた。

睦子は夫と死別したあとは結婚しておらず、恭介を産んだ時は三十八歳だった。おそらく結婚できない相手との間に子供ができてしまい、その子を育てるために娘夫婦の家に同居したのだろうという推測がなされた。さらにその後、梶原美里が高校時代に恐ろしい事件を起こしていたという噂が囁《ささや》かれると、悲劇的な運命を背負い、そのような家に生まれ育った恭介にますます同情が集まった。

ただ、私が近隣住民に聞き取りをしたところでは、恭介は梶原家の一人息子として大切に育てられていたという。同居していた睦子も娘夫婦とともに小学校の運動会の観戦に来たりと、関係は良好に見えたそうだ。恭介が自身の出生にまつわる事実を知ったとしても、幼い頃から同じ家で暮らしてきた家族であり、実の母親である睦子を殺害する動機になるとまでは考えられなかった。

だが神前寺伽弥子から手に入れた臍の緒を検体として親子鑑定をしたことで、恭介の父親が美里の夫である康彦だったと明かされた。もしこの真実まで恭介が知ってしまったのだとしたら、家族を裏切り、母として慕ってきた美里の尊厳を傷つけた睦子に殺意を抱いたとしてもおかしくない。

それが私の辿り着いた結論だった。

「ですからあなたが母親である睦子さんを殺した動機は父親――康彦さんにあると申し上げました。この答えで、合っていますか」

改めて恭介に確かめる。彼はすぐには答えなかった。じっと何かを思い起こしているかのような長い沈黙が続いたのちに、ようやく口を開く。

「その解答では、部分点しかあげられないですね」

そう告げると恭介は薄く微笑んだ。しばし呆然としながらも、どういうことかと尋ねる。

「それでも、正解は正解なので約束どおりお話しします。僕があの人——睦子を殺した理由は、彼女が梶原康彦と関係し、僕を産んだからです」

それでは、私の出した答えと同じではないか。そう訴えたが恭介は首を振った。

「順を追って説明します。まず、僕が母——梶原美里の子ではなく、睦子が実の母親であると知ったのは、小学校六年生の時でした。戸籍を見れば分かることなので、いずれ養子であるということは話す覚悟だったそうですが、もちろんそんなに早く伝えるつもりはなかった。寺町さんがおっしゃったように、この頃から認知症の症状が出始めた睦子が、僕に打ち明けたんです。『だからお母さんと二人で逃げよう。災いが起こる。この家にいたら殺される』と酷《ひど》く怯《おび》えていました。被害妄想が出ていたんでしょうね。この時点ではまだ、父親が誰かまでは聞かされていませんでしたが」

その事実を知らされたのが、小学生の頃だったとは思わなかった。絶句している私に対し、恭介はおかしそうに笑ってみせる。

「不思議とショックではなかったんです。血の繋がりはそうだとしても、僕の母親はお母さん——梶原美里ただ一人だということは、揺るがなかったから。母はその時、初めて睦子に逆らいました。それ以上、僕を傷つけないように——今思えば父親のことを睦子が僕に話すことのないように《処置》をしてくれたんです」

そう言っていたずらっぽい表情のまま舌を出すと、その横で人差し指と中指の二本を鋏《はさみ》のように動かした。血の気が引いていくのを感じ、テーブルの縁を掴む。梶原美里は恭介を守るために、判断力を失い何をしゃべるか分からない母親の口を塞いだのだ——想像するだに恐ろしい残忍な方法で。

「ところで、僕が中学二年生の三学期から学校に行けなくなった理由は、寺町さんはもうご存じでしたか」

不意に尋ねられ、思考が飛んだ。同級生の城戸千春は、梶原恭介が学校に来なくなったのはいじめが原因ではないと話していた。それを思い出したところで、彼女が聞いたという壁を叩く音について、言葉を発することができない睦子はそうするしかなかったのだと気づいて背筋が寒くなる。鳥肌が立つのを覚えながら、いいえと首を振った。

「隠す必要もないのでお話ししますが、学校を休んだのは病気のためです」

初めて聞く話に、驚いて恭介の顔を見返す。そのあまりに平然とした様子にうろたえつつも、なんの病気だったのかを尋ねた。

「網膜色素変性症という目の疾患です。難病として指定されている病気で、網膜の異常により人によって様々な症状が出ます。僕の場合は視野狭窄《きょうさく》と視力の低下でした。この病気は徐々に進行するのですが、その進行を止めたり、失われた機能を回復する治療法は確立できていません」

ああ、そうだったのか——。

静かに語る声を聞きながら、私は城戸千春がもう一つ、恭介について話していたこと——中学時代の彼が将来就きたいと望んだ仕事のことを思い出していた。

「そしてこの病気は、遺伝性のある疾患なんです。人によって発症する年齢も進行の速さも、症状も違うので、父の場合、生活に支障が出るほど症状が進んだのは、五十代になってからだと聞いています。そして発症したのは四十代――僕が十七歳の時でした」

看護師の小川香澄から聞いた、梶原康彦が治療のために通院先を探していた病気というのは、恭介と同じ目の疾患だったのだ。ということは――。

「僕が視力を失ったのは、父親の疾患が遺伝したためでした。そしてそのために、絵を描くことを仕事にするという、僕の唯一の夢は絶たれた。父が同じ疾患を発症したことでそれに気づき、僕は父を問い詰めました。睦子に説き伏せられて、仕方なく関係を持ったんだと父は弁明した――美里には子供ができないからと」

恭介は言葉を切ると、その先を話すことをためらうように唇を噛《か》んでうつむいた。やがて悲痛に歪んだ顔を上げ、一息に告げる。

「高校生の時に、睦子に命じられて自宅で出産して、無理な分娩《ぶんべん》で子宮が傷ついたために子供を作れなくなったんだと。すべてはあの人が――睦子が引き起こしたことだと思いました。それが動機です」

すべてを語り終えた恭介は、虚脱したように頭を仰向《あおむ》け、椅子の背もたれに上体を預けた。私は言葉を発することができなかった。

梶原恭介が目の疾患により若くして視力を失っていたという悲劇的な境遇は当時の報道で知って

いたが、それが中学時代に発症したものとは知らなかった。過去の出産が原因で、梶原美里が子供を作れなかったということも。だからこそ美里は、弟である恭介を自分が産み育てることのできなかった子供の代わりに愛し、どんなことをしてでも守ろうとしたのだろう。

体を起こした恭介が、緩慢な動きでテーブルの上の湯呑みを手に取る。自分も喉が渇いていたことに気づき、湯呑みに手を伸ばした。テーブルに着いた時に出されたお茶は、すっかりぬるくなっていた。

「逮捕はされましたが、十八年前の犯行と証明できたのが救いでした。僕は未成年だったということで執行猶予が付きましたし、死体の遺棄を手伝ってくれた母も、すでに時効が成立していました」

恭介がほっとした声で言った時、リビングのドアが開き、彼が「母」と呼ぶ女性——梶原美里が姿を現した。彼女が手紙を代読することになるからと、内容に配慮したのだ。

「恭介。そんなに長いことおしゃべりして、疲れたんじゃないの」

頭の後ろで髪を引っ詰めているせいか、ずんぐりした体に対して、妙に頭部だけが小さく見える。顔の真ん中に寄った黒い目でじっと見つめられると、途端に落ち着かない気分になった。慌てて残りのお茶を飲み干すと、席を立とうとする。

「帰れると思っていましたか。ここまで聞いて」

梶原恭介の発した声が、洞窟《どうくつ》で話しているかのように反響して聞こえた。

「もし答えを知っている人がいたなら、黙っていてもらいたくて、面会に応じたんです」

立ち上がろうとしたのに、膝が抜けたように動けなかった。腰にも、背中にも、力が入らない。自分の体が重くて支え切れず、かろうじて下腹部を庇いながらテーブルに倒れ込んだ。

ダイニングテーブルと椅子と布張りのソファーと。余計なものが何もない、異常なまでに片づいた殺風景なリビングの光景が、徐々に輪郭を失っていく。必死に首を回すと、目の前に梶原美里の顔があった。実験動物の反応を見るかのように、無感情にこちらを覗《のぞ》き込んでいる。

「許してください。お腹に、赤ちゃんがいるんです」

もつれる舌を動かし、必死にそれだけ言った。

「まあ、そうなの。それはとってもいいことね」

美里の顔がぱっと明るくなり、小さな黒い瞳がきらきらと輝くのを見たのを最後に、私の意識は途絶えた。

初出

「永い祈り」	ジャーロ74（2021年1月）号
「忘れられた果実」	ジャーロ75（2021年3月）号
「崖っぷちの涙」	ジャーロ76（2021年5月）号
「シーザーと殺意」	ジャーロ77（2021年7月）号
「Mother Murder」	ジャーロ78（2021年9月）号

矢樹　純　　やぎ・じゅん

1976年、青森県生まれ。実妹とコンビを組み、2002年、「ビッグコミックスピリッツ増刊号」にて漫画原作者デビュー。『あいの結婚相談所』『バカレイドッグス』などの原作を担う。2012年、「このミステリーがすごい！」大賞に応募した『Sのための覚え書き かごめ荘連続殺人事件』で小説家としてデビュー。2019年に上梓した短編集『夫の骨』が注目を集め、2020年に表題作で日本推理作家協会賞短編部門を受賞する。

マザー・マーダー

2021年12月30日　初版1刷発行

著者　矢《や》樹《ぎ》　純《じゅん》

発行者　鈴木広和

発行所　株式会社光文社
〒112-8011 東京都文京区音羽1-16-6
電話 編集部 03-5395-8254 書籍販売部 03-5395-8116 業務部 03-5395-8125
https://www.kobunsha.com/

組版　萩原印刷

印刷所　堀内印刷

製本所　ナショナル製本

協力　アップルシード・エージェンシー

落丁・乱丁本は業務部へご連絡くださればお取り替えいたします。

 ISBN978-4-334-91436-3